SPELLS & SILVER BELLS - DEUTSCHE AUSGABE

WICKED GOOD MYSTERY SERIES

LUCY MAY

OHNE TITEL

»Jeder Spieler muss die Karten akzeptieren, die das Leben ihm oder ihr austeilt. Aber sobald diese Karten in der Hand sind, liegt es allein an ihm oder ihr zu entscheiden, wie die Karten zu spielen sind, um das Spiel zu gewinnen.«
-Voltaire

HINWEIS FÜR LESER

Jeder Titel der Wicked Good Mystery Reihe kann gelesen werden, ohne vorher die anderen Titel der Reihe zu lesen. Allerdings werden Sie auf Ereignisse aus früheren Geschichten stoßen. Wenn Sie den vollen Genuss von Mysterien, Magie und Chaos erleben möchten, schauen Sie sich die anderen Bücher der Reihe an!

KAPITEL EINS

MOIRA WICKED

Stehend an meiner Küchentheke nahm ich einen langen Schluck Wein. Ich war heute Abend allein, weil Liam für ein paar Tage in Boston war. Thanksgiving stand vor der Tür, und draußen schneite es. Ich liebte den frühen Schnee, so hübsch wie er die Landschaft überzuckerte. Mit dem Weinglas in der Hand schlüpfte ich in ein Paar Stiefel, um meine Füße warm zu halten, und ging dann auf meine Hinterveranda.

Das durch die Fenster scheinende Restlicht ließ den Schnee funkeln, während er durch die Dunkelheit fiel. Es sah aus, als würde der Himmel Feenstaub verstreuen.

Ich holte tief Luft, sog die kühle Luft ein und zitterte leicht. Der fallende Schnee verwischte das Leuchten des Mondes. Der Ozean, der sich in der Ferne erstreckte, war nicht sichtbar, abgesehen vom Geräusch der Wellen, die ans Ufer rollten.

Als ich mich umdrehte, um wieder hineinzugehen, hörte ich ein entferntes Knacken und rufende Stimmen. Aber dann wurde alles still. Da ich vorher ziemlich viele Gläser Wein getrunken hatte, als meine Cousine Emma und meine beste Freundin Zoe zum Abendessen da waren, stand ich noch ein paar Momente auf der Veranda und wartete, um festzustellen, ob ich noch etwas hörte. Nichts außer dem Geräusch der brechenden Wellen und dem leichten Schneefall drang zu mir durch. Ein leichter Wind fegte über die Veranda und wirbelte mein Haar wild umher.

Da ich annahm, dass ich mir Dinge einbildete, schüttelte ich schnell meinen Kopf und drehte mich um, um wieder hineinzugehen. Unfähig, mein Gefühl der Unruhe zu vertreiben, konnte ich dem Drang nicht widerstehen, zum Ufer hinunterzugehen. Als ich Momente später die Klippe erreichte, blickte ich über den Ozean und suchte die dunkle Küstenlinie ab.

In einem Flackern silbrigen Lichts durch die Wolken stockte mir der Atem, als ich ein Boot gegen die Felsen sah, ein Stück entfernt am Ufer. Ich zog mein Handy aus der Tasche und wählte schnell die Nummer von Daniel Lévesque, dem Polizeichef von Charm Cove.

Nachdem ich den Bootsunfall gemeldet hatte, eilte ich den felsigen Pfad zum Ufer hinunter. Selbst in der Dunkelheit, mit dem fallenden Schnee und nichts als dem trüben Licht des Mondes durch die Wolken, das mich führte, kannte ich den Pfad auswendig und machte mich auf den Weg nach unten. Ich rannte den Sand entlang und rief, in der Hoffnung, dass jemand meine Rufe erwidern würde. Ich *wusste*, dass ich gerade Stimmen gehört hatte.

Kein Laut kam zu mir zurück.

Ich erreichte das besagte Boot. Es war ein Fischerboot – davon gab es Hunderte in diesem Teil von Maine. Genau wie die meisten kleinen Küstenstädte in der Gegend hatte Charm Cove einen Bootshafen und viele Familien, die ihren Lebensunterhalt mit dem Meer verdienten.

Die Blütezeit der kommerziellen Fischerei im Nordosten war längst vorbei, aber das änderte nichts an der Tatsache, dass Fischen in Maine eine Lebensweise war. Ich überlegte, in das zersplitterte Boot zu klettern, entschied aber, dass es wahrscheinlich nicht klug wäre. Zumindest nicht, bis jemand anders hierher kam. Obwohl ich meine Magie benutzen könnte, um mich im Notfall hinein- und herauszuzaubern, könnte ich trotzdem in Schwierigkeiten geraten.

Als ich die kleine Kabine des Bootes betrachtete, war es durchaus möglich, dass alle überlebt hatten. Tatsächlich erwartete ich, dass alle überlebt hatten. Nur der Bug des Bootes war aufgesplittert, wo es gegen die Felsen gekracht war. Der Rest des Bootes war intakt.

Während ich wartete, vibrierte mein Handy in meiner Tasche. Als ich es herauszog, sah ich Liams Namen auf meinem Bildschirm. Es war nach Mitternacht, also hatte ich keine Ahnung, warum er jetzt anrufen würde.

Besorgt strich ich mit dem Finger über den Bildschirm und hob das Telefon ans Ohr. »Hey? Ist alles in Ordnung?«

»Nun, deshalb rufe ich dich an. Nathan hat gerade angerufen. Er wusste nicht, dass ich nicht in der Stadt bin. Der Leuchtturm hat aufgehört zu funktionieren«, sagte Liam und bezog sich dabei auf den Leuchtturm von Beacon's Charm. Liams Cousin Nathan verwaltete den Leuchtturm. Technisch gesehen wurde er mit Magie betrieben, und das seit seiner Errichtung vor mehreren Jahrhunderten.

Wenn der Leuchtturm aufgehört hatte zu funktionieren, hatten wir ein echtes Problem.

»Okay, das ist seltsam. Ich stehe am Strand, weil ich ein Knacken und Stimmen gehört habe. Da ist ein Fischerboot an den Felsen, und niemand ist hier. Ich habe gerade Daniel angerufen.« Ich machte eine Pause und sah ein helles Licht, das von der Klippe hinter meinem Haus herunterkam, und hörte Stimmen, die zu mir herübertrugen. »Er ist auf dem Weg zum Strand. Ich sollte gehen.«

»Ich komme jetzt nach Hause. Ich bin in ein paar Stunden da. Sei vorsichtig«, sagte Liam, als ich das Telefon auflegte.

Was zum Teufel ging hier vor? Die Magie für den Leuchtturm war erloschen, und ein Fischerboot war verunglückt. Um die seltsamen Ereignisse noch zu verstärken, war, soweit ich feststellen konnte, niemand in der Nähe, obwohl ich mir sicher war, dass ich vor wenigen Minuten von hier aus Stimmen gehört hatte.

Mehrere Lichter erschienen hinter Daniel, Lichtstrahlen, die in der Dunkelheit tanzten, während sie ihren Weg die Klippe und den Strand hinunter zu mir nahmen. In kürzester Zeit waren beide meiner Eltern da, zusammen mit Daniel, Tante Lea, Onkel Jacob und Nathan Good. Nathan sah ziemlich besorgt aus und verkündete sofort allen, dass die Leuchtturmmagie erloschen war.

Alle Köpfe schwenkten zu ihm. »Was?« fragte Jacob mit scharfem Ton.

»Genau das, was ich gesagt habe.«

»Das kann nicht sein!« erklärte meine Mutter. »Er läuft mit Magie. Der Zauber für diesen Leuchtturm wurde vor Jahrhunderten gesprochen. Er war die ganze Zeit unzerbrechlich.«

Ein Murmeln ging durch die Gruppe, und das Gefühl der Unruhe in mir wurde stärker.

Ein Bootsunfall, ein kaputter Leuchtturm und keine Spur von den Stimmen, die ich gehört hatte. Oh, und Weihnachten stand vor der Tür.

KAPITEL ZWEI

Am nächsten Tag war im Laden der Teufel los. Aber Persnickety Potions & Gifts war in der Vorweihnachtszeit immer verrückt. Scharen von Touristen schlenderten den ganzen Tag durch die Geschäfte in der Innenstadt von Charm Cove. Die positive Seite dieses Wahnsinns war, dass wir Geld wie Heu machten und ich zu beschäftigt war, um über die ziemlich beunruhigenden Ereignisse der letzten Nacht nachzudenken.

Die Polizei war damit beschäftigt herauszufinden, was passiert war, und hatte die Küstenwache eingeschaltet, um zu sehen, ob es vor dem Aufprall auf das Ufer irgendwelche Notsignale von dem kleinen Fischerboot gegeben hatte. So sehr ich auch zum Strand marschieren und herausfinden wollte, was genau passiert war, ich hatte Kunden zu bedienen.

»Entschuldigung«, sagte eine Stimme.

Ich drehte mich um und sah eine Frau, die an der Theke wartete. Ich war gerade dabei, ein Geschenk für den letzten Kunden einzupacken, der an der Seite der Theke wartete und eine kleine Sammlung verzauberter Steine betrachtete.

»Wie kann ich Ihnen helfen?«, fragte ich.

»Ich suche ein Bettelarmband«, antwortete die Frau mit einem leichten Lächeln. Ihre Arme waren voll mit Tüten aus anderen Läden der Innenstadt von Charm Cove, was deutlich machte, dass sie eine Touristin war.

»Unsere Bettelarmbänder sind dort drüben in der Ecke«, sagte ich und deutete mit meiner freien Hand auf die Ecke, wo Delia einem anderen Kunden am Schmucktresen half. »Delia wird dir gerne helfen.«

»Vielen Dank«, sagte die Frau, drehte sich um und ging zur Ecke.

Ich nahm mir einen Moment, um den Laden zu überblicken. Celia und Delia, meine jüngeren Zwillingscousinen, waren heute Nachmittag hier, aber das reichte kaum aus, um mit der Anzahl der Kunden Schritt zu halten, die den Laden besuchten. Ich hatte überlegt, für die Feiertage eine Aushilfe einzustellen, aber ich war unentschlossen, ob es sich lohnen würde. Das war ein Problem für einen anderen Tag und weitaus weniger dringend als das Schiffswrack und die drei vermissten Personen.

Ich beendete das Einpacken des Geschenks für die andere Kundin und verabschiedete sie mit einer Handbewegung. Als sie ging, hatte ich eine kurze Verschnaufpause an der Kasse. Ich nahm mir ein paar Minuten, um sicherzustellen, dass wir in unserem neuen Computersystem auf dem neuesten Stand waren.

»Moira Wicked?«

Als ich aufblickte, sah ich, wie Opal Good auf die Theke zukam. Opal war die Tante meines Freundes Liam. Ich war überrascht, sie zu sehen, wenn auch nur, weil sie Beauty Bewitched leitete, den Laden der Familie Good auf der anderen Seite des Stadtparks. Sie waren um diese Jahreszeit genauso beschäftigt wie wir.

»Hi, Opal, wie geht's dir? Was führt dich her?«

Opals silbergestreiftes dunkles Haar war geflochten und zu einem Knoten auf ihrem Kopf gedreht. Sie trug Perlenohrringe mit einer passenden Perlenkette. Dünn wie eine Gerte, trug sie ihr typisches Outfit aus schwarzer Stoffhose mit einer weißen Bluse. Bei diesem kalten Wetter hatte sie ihrer Aufmachung eine graumelierte Wolljacke hinzugefügt.

»Nun, Liebes, ich bin vorbeigekommen, um dir mitzuteilen, falls du es noch nicht gehört hast, dass Nathan vermisst wird. Das letzte Mal hat ihn jemand gestern Abend gesehen, als er zum Strand ging, um alle über das kaputte Licht am Leuchtturm zu informieren«, sagte sie, ziemlich ruhig, muss ich hinzufügen.

»Was?!«

»Genau das, was ich gesagt habe«, erwiderte Opal und trommelte mit ihren Fingerspitzen auf den Tresen, ihre Nägel klickten rhythmisch auf der Glasoberfläche. »Daniel ist bereits bei ihm zu Hause und schaut nach. Ich weiß nicht einmal, was ich denken soll.«

Bevor ich ein weiteres Wort sagen konnte, klingelte mein Handy, das auf der Theke lag. Ich sah, wie der Name meiner Mutter auf dem Bildschirm aufleuchtete, und warf einen Blick auf Opal. »Ich vermute, das ist meine Mutter, die mir dasselbe mitteilen will. Entschuldige mich kurz.«

Ein Kunde näherte sich der Theke. Ich nahm das Telefon schnell ab und sagte: »Hey, Mama, ich rufe dich zurück. Opal ist bereits hier.«

»In Ordnung, Liebling«, hörte ich sie sagen, als ich das Gespräch beendete.

Ich schaute mich um und fing Celias Blick auf, die zufällig etwas näher an der Theke war. Ich winkte ihr, herüberzukommen, und schaute zu Opal. »Lass uns nach hinten gehen«, sagte ich und deutete mit dem Kopf auf den Perlenvorhang hinter mir.

Celia eilte herbei und kam um die Theke herum, während sie sich sofort um den wartenden Kunden kümmerte.

»Danke«, formte ich mit den Lippen, als Opal mir nach hinten in den Laden folgte.

Der Perlenvorhang klirrte sanft hinter uns. Ich zog einen Hocker neben dem Arbeitstisch heraus und forderte Opal auf, Platz zu nehmen. Sie setzte sich sofort, während ich das Telefon nahm, um meine Mutter anzurufen.

Meine Mutter nahm beim ersten Klingeln ab. »Hast du es also gehört?«, fragte sie und kam direkt auf den Punkt.

»Ja, Opal sagt mir, dass Nathan vermisst wird.«

»Nun, dann hat sie noch nicht die ganze Geschichte gehört -«, begann meine Mutter.

Ich unterbrach sie schnell. »Moment, lass mich dich auf Lautsprecher stellen, damit Opal es hören kann.«

Ich lehnte meine Hüfte gegen den Arbeitstisch, an dem wir

Inventar etikettierten und gelegentlich Zaubertränke herstellten, drückte auf den Lautsprecherknopf an meinem Telefon und hielt es zwischen Opal und mir hoch.

»Mama sagt, es gibt weitere Neuigkeiten«, erklärte ich.

Opal zog eine gut gezupfte Augenbraue hoch. Mit ihren schlanken, spitzen Gesichtszügen hatte sie etwas Aristokratisches an sich. »Hallo, Camille«, sagte sie.

»Hallo, Opal«, antwortete meine Mutter. »Gabriel hat gerade einen Anruf von der Polizeistation bekommen. Abgesehen davon, dass Nathan vermisst wird, sind die drei Personen, die auf dem Boot waren, gerade mit Daniel auf der Polizeistation. Sie behaupten, jemand hätte einen Tarnzauber ausgesprochen. Offenbar standen sie am Strand neben dem Boot, während wir alle dort waren. Sie konnten uns hören und sehen, aber wir konnten sie nicht sehen. Sie haben keine Ahnung, wer den Zauber ausgesprochen hat, und sie befürchten, dass ein anderer Zauber ihr Navigationssystem gestört hat. Sie waren auf dem Weg zum Hafen, als sie in eine Strömung gerieten und die Orientierung verloren.«

»Oh mein Gott. Das ist verrückt«, sagte ich.

Opals Augen weiteten sich. Sie war nicht leicht zu überraschen. »Ich gehe zur Polizeistation. Willst du mitkommen?«, fragte sie schnell, während sie vom Hocker aufstand und mit den Händen über ihre Hose strich.

»Es ist zu viel los hier«, antwortete ich. So sehr ich auch mit ihr gehen wollte, es war definitiv zu viel los, um die Zwillinge allein zuständig zu lassen.

Opal nickte. »In Ordnung. Camille, willst du mich dort treffen?«, fragte sie, ihre Augen auf den Telefonbildschirm gerichtet.

»Natürlich. Ich bin gleich da.«

Nachdem Opal davongeeilt war und ich das Gespräch beendet hatte, ging ich wieder nach vorne, meine Gedanken überschlugen sich. Ich blieb beschäftigt, aber es reichte nicht mehr aus, um meine Gedanken von den Ereignissen abzulenken. Die Menge an Magie, die es brauchte, um drei Personen unsichtbar zu machen, war beträchtlich.

Jemand führte nichts Gutes im Schilde.

Ich hatte kaum einen Moment, um in der verbleibenden Stunde

oder so, in der der Laden geöffnet war, eine Pause zu machen. Ich schrieb Liam direkt nach Opals Besuch eine SMS, um ihm mitzuteilen, dass sein Cousin Nathan verschwunden zu sein schien. Ich klammerte mich an die Hoffnung, dass es nur ein Zufall war. Aber bei den Ereignissen der letzten Nacht machte es absolut keinen Sinn, dass Nathan ohne das Wissen von jemandem wegfuhr.

Als die Schließzeit kam, schaute ich immer wieder auf die Uhr, ungeduldig darauf wartend, dass Liam eintreffen würde. In letzter Zeit brachte er mich oft in die Stadt zur Arbeit und holte mich ab, wenn er in die gleiche Richtung fuhr.

Liam Good war der Mann, den ich laut einem vor mehreren Jahrhunderten ausgesprochenen Zauber heiraten sollte. Obwohl das an diesem Abend das Letzte war, was mir Sorgen machte. Ich machte mir Sorgen um Nathan und fragte mich, was zum Teufel hier vor sich ging.

Innerhalb von Minuten klingelte die Glocke über der Tür, und Liam trat ein. Celia und Delia begrüßten ihn mit breiten Lächeln. Mit ihrem dunklen Haar, blauen Augen und runden rosa Wangen waren sie ziemlich niedlich. Sie waren auch begeistert von der Idee, dass Liam und ich füreinander bestimmt waren.

Liam begrüßte sie mit einem Grinsen und einem Augenzwinkern, bevor er sich dem Tresen näherte, wo ich die Tageseinnahmen zusammenrechnete. »Hey«, sagte er, und das tiefe Grollen seiner Stimme sandte eine Hitzewelle durch meine Adern.

Als ich aufschaute, begegnete ich seinen blauen Augen und konnte die Sorge darin sehen. Obwohl ich nicht vor den Mädchen reden wollte, hatten wir im Moment einiges, worüber wir uns Sorgen machen mussten. »Gibt es Neuigkeiten?«, fragte ich leise.

Er lehnte seine Hüfte gegen den Tresen, schüttelte den Kopf und fuhr sich mit der Hand durch sein dunkles Haar. »Nein. Ich nehme an, du hättest es mir in den fünfzehn Minuten, seit wir gesprochen haben, mitgeteilt, wenn du welche hättest.«

Ich nickte, tippte auf den Knopf, um die Tagesabrechnung zu speichern, und schaltete dann den Computer aus. »Nichts Neues, und das macht mich wahnsinnig. Wir müssen Nathan finden.«

»Lass uns zu Enchanted Spirits gehen. Wenn es irgendwelchen

Klatsch gibt, werden wir ihn dort hören. Ich könnte auch wirklich einen Drink gebrauchen«, antwortete er.

»Das will ich meinen. Warst du beim Leuchtturm?«

Liam nickte angespannt, sein Blick wanderte zu der Stelle, wo die Zwillinge einige Auslagen aufräumten. Die Zwillinge würden sowieso alles hören, aber wir hätten es vorgezogen, wenn sie nicht zu sehr in die Ermittlungen involviert wären. Das letzte Ereignis mit außer Kontrolle geratener Magie hatte dazu geführt, dass die Zwillinge mitten im Schnüffeln steckten. Obwohl sie diejenigen gewesen waren, die den Bösewicht sozusagen gefangen hatten, wollte keiner von uns, dass das wieder passierte.

Obwohl wir bei dieser Situation – ein Schiffswrack, drei vermisste und dann wieder aufgetauchte Personen, ein kaputter Leuchtturm und jetzt der vermisste Nathan – dieses Mal viel mehr zu befürchten hatten als ein paar kleine Einbrüche.

»Ich gehe die Hintertür abschließen und benutze die Toilette. Bin gleich zurück«, sagte ich, bevor ich mich von der Theke wegdrehte. Ich eilte durch den Perlenvorhang und betrat die winzige Toilette. Nachdem ich fertig war, wusch ich mir die Hände und betrachtete mein Spiegelbild. Mein dunkles Haar hatte sich aus dem Pferde- schwanz gelöst, und meine Haut war gerötet, was meine grünen Augen hervorstechen ließ. Wenn ich den ganzen Tag unterwegs war, neigte mein heller Teint dazu, gerötet zu bleiben, sodass der Spaziergang zu Enchanted Spirits in der kühlen Luft an diesem Punkt willkommen war.

Nachdem ich meine Hände getrocknet hatte, überprüfte ich die Riegel an der Hintertür, sprach einen schnellen Schutzzauber und nahm meine Handtasche, bevor ich das Licht ausschaltete. Als ich nach vorne zurückkehrte, kam meine Cousine Emma gerade herein, um ihre jüngeren Schwestern abzuholen. Die Zwillinge waren die Jüngsten in unserer Generation und eine angenehme Überraschung für meine Tante Lea und Onkel Jacob.

Emma grinste, als sie mich sah. »Hey, ich bin nur hier, um die Mädchen abzuholen.«

Celia und Delia schauten sich etwas auf einem ihrer Handys an. Ich lehnte mich neben Liam an die Theke und bedeutete Emma, zu uns zu kommen. Sie blieb neben uns stehen, ihr Blick wurde ernst. »Gibt es Neuigkeiten?«, fragte sie.

Das war die Frage des Tages. »Nichts. Nicht seit wir gehört haben, dass Nathan vermisst wird. Naja, das und das Wiederauftauchen der drei vermissten Personen vom Boot.«

Emma nickte. »Ja, ich habe mit Zoe gesprochen. Sie waren auf der Polizeistation und haben vorhin mit Daniel gesprochen. Wisst ihr, wer sie waren?«

In diesem Moment wanderten die Zwillinge zu uns herüber. Wenn ihre Ohren sichtbar hätten aufhorchen können, wäre ich sicher, dass sie es getan hätten.

Emma lächelte strahlend. »Also sehen wir uns gleich?«

»Sicher«, antwortete Liam und legte beiläufig seine Hand um meine. »Wir sehen uns bei Enchanted Spirits.«

»Tschüss, Mädels. Wann werdet ihr morgen hier sein?«, fragte ich und schaute die Zwillinge an.

»Wir haben Schule, also werden wir nach drei hier sein«, sagte Celia.

»Perfekt.« Ich gab beiden einen Kuss auf die Wange und winkte ihnen dann nach, als Emma mit ihnen ging. Liam folgte mir nach draußen, als ich vorne abschloss und auch auf diese Tür schnell einen Schutzzauber sprach.

Bis zu den Einbrüchen im letzten Herbst waren Schlösser hier ausreichend gewesen. Aber heutzutage sprachen alle Ladenbesitzer, zumindest alle, die Hexen waren, Schutzzauber auf ihre Türen. Ich hatte mir sogar angewöhnt, Zauber auf Türen von Nicht-Hexen zu sprechen, an denen ich vorbeiging. Sie waren harmlos genug und konnten nur helfen.

Mit Liams warmer Hand, die meine umschloss, gingen wir durch die hereinbrechende Dunkelheit über den Stadtpark. Charm Cove war um die Feiertage einfach wunderschön. Obwohl es nur eine dünne Schicht war, war der erste Schnee liegen geblieben. Mit den Straßenlaternen, die rund um die Innenstadt angingen, und den funkelnden Weihnachtslichtern auf der riesigen Balsamtanne in der Mitte des Stadtparks wirkte unser kleines Städtchen magisch.

Es war tatsächlich magisch. Dieses kleine Städtchen war eine

Bastion der Hexenkraft. Familien waren während der Hysterie um die Hexenprozesse von Salem hierher geflohen. Charm Cove war weltweit als eine der mächtigsten Ansammlungen von Hexen bekannt. Obwohl die Magie real war, war Charm Cove an der Oberfläche nur ein weiteres charmantes Dorf in Neuengland an der malerischen Küste von Maine. Das Gebiet war mit einer Mischung aus französischen Kanadiern, Iren und mehr besiedelt, die einige Jahrhunderte zurückreicht.

Liam und ich waren still, als wir den Park überquerten. Es bestand kein Zweifel daran, dass sich die Nachricht vom Schiffswrack der letzten Nacht in der Stadt verbreitet hatte, da sie in der heutigen Morgenzeitung stand. Die täglichen Mitteilungen waren nicht mehr als eine oder zwei Seiten mit einer längeren Version am Wochenende.

Die Geschichte heute Morgen hatte nichts weiter als ein Schiffswrack gemeldet. Es gab keine Erwähnung der drei vermissten Personen. Die Nachricht hatte dieses dramatische Detail übergangen mit der Begründung, dass die Familien der Betroffenen zuerst benachrichtigt werden müssten. *The Ink Spot* druckte seit einigen Jahrhunderten die Zeitung von Charm Cove. Die Familie Bishop führte *The Ink Spot* seit seiner Gründung und waren zufälligerweise Hexen. Sie waren ziemlich geschickt darin, die Grenze zwischen der übernatürlichen Welt und der Welt, wie sie von denen ohne Magie gesehen wurde, zu wahren.

Liam hielt mir die Tür auf, als wir Enchanted Spirits erreichten. Wärme und das Summen von Stimmen strömten heraus, als wir eintraten. Mit Liams Hand, die auf meinem unteren Rücken ruhte, genoss ich den Berührungspunkt. Ich musste zugeben, ich bekam jedes Mal einen kleinen Nervenkitzel, wenn er mich berührte.

Ich nahm an, das war praktisch, da beide unsere Familien ziemlich darauf bestanden, dass wir unser Schicksal erfüllen, was bedeutete, uns zu verlieben und zu heiraten. Ich holte tief Luft und ließ sie mit einem Seufzer aus. Ab und zu fühlte ich mich überwältigt, wenn ich über mein Schicksal, sozusagen, nachdachte. Liebe war schon schwer genug ohne diese Art von Druck. Meine Gedanken schweiften von diesen Überlegungen ab, als wir uns durch die überfüllte Bar zu einer Nische in der Ecke schlängelten.

Meine Cousine Emma war noch nicht da, aber meine Freundin Zoe Lévesque winkte uns aus der Ecke zu. Als ich mich ihr gegenüber in die Nische setzte, kehrte meine Sorge um Nathan mit intensiver Kraft zurück. Nathan traf uns hier fast immer, aber er würde heute Abend offensichtlich nicht hier sein.

Zoe begegnete meinem Blick; ihre eigenen braunen Augen besorgt. »Ich weiß. Normalerweise ist Nathan hier. Daniel ist nicht hier, weil er damit beschäftigt ist, mit den drei Personen zu sprechen, die letzte Nacht verschwunden sind.«

Liam hob seine Hand, um der Kellnerin ein Zeichen zu geben, als er neben mir in die Nische rutschte und seinen Arm über meine Schulter legte. »Es wird schon gut werden«, sagte er.

»Woher willst du das wissen? Ich meine, Nathan wird vermisst, und der Leuchtturmzauber ist gebrochen. Wer auch immer das getan hat, hat einige ernsthafte Magie.«

»Ich weiß«, sagte Liam und drückte meine Schulter, »aber es ist ein gutes Zeichen, dass die drei Personen auf dem Boot nicht verletzt wurden. Ich hoffe, dass das bedeutet, dass wir bald von Nathan hören werden. Außerdem ist er selbst ziemlich mächtig.«

Zoe wippte mit ihrer Gabel zwischen den Fingern hin und her und seufzte. »Stimmt. Weiß zufällig jemand, wie man den Tarnzauber aufhebt?«

Liam schüttelte langsam den Kopf. »Nein. Das ist nicht einfach. Ich habe heute mit Jacob gesprochen, und er denkt, zwischen ihm und deinem Vater,« Liam machte hier eine Pause und schaute zu mir, bevor er fortfuhr, »könnten sie in der Lage sein, es zu tun.«

Es überraschte mich nicht im Geringsten, dass mein Vater und Jacob, zwei immens mächtige Hexer, einen Tarnzauber aufheben konnten, aber ich sah nicht, wie das uns helfen sollte.

»Okay, aber wer hat es getan und warum?«, fragte ich.

Eine Kellnerin kam an unseren Tisch und nahm schnell unsere Bestellungen entgegen. Alle drei bestellten Bier und Burger zum Abendessen. Sobald die Kellnerin sich wegdrehte, lehnte ich mich an Liams Schulter. »Ich arbeite mit der Annahme, dass das ganze Durcheinander etwas mit dem Leuchtturm zu tun hat.«

Zoe war einen Moment lang still, ihr Blick nachdenklich. »Das denkt Daniel auch.« Zoe war zufällig mit dem Polizeichef von Charm Cove verheiratet. »Nun, er sagt, der Leuchtturm wurde sabotiert, und weil der Leuchtturm nicht funktionierte, ist das Boot verunglückt. Um ehrlich zu sein, ist das alles logisch.«

Liam lachte leise. »Das stimmt, aber es erklärt nicht alles.«

»Ja, wie zum Teufel hat jemand den Zauber für den Leuchtturm außer Kraft gesetzt? Das macht mir Sorgen. Ich meine, ein Tarnzauber braucht Kraft, aber er hält nur für eine bestimmte Zeit, oder?«

Zoes braune Locken wippten, als sie nickte. »Ich hoffe nur, dass, wenn ein weiterer Tarnzauber bei Nathan verwendet wurde, er ebenfalls bald nachlässt. Ich kann nicht glauben, dass ich das sage, aber es ist besser als die Alternative.«

Als wären sie durch unsere Worte beschworen worden, hörte ich Nathans Stimme. Alle drei von uns suchten den Raum ab, als er erschien und sich durch die Menge schlängelte. Er ließ sich mit einem heftigen Seufzen neben Zoe nieder.

»Wo zur Hölle warst du?«, fragte Liam.

Nathan lehnte sich zurück und sah erschöpft aus. »In einem verdammten Schrank im Leuchtturm eingesperrt. Jemand hat mich dort eingesperrt. Keine Magie nötig.«

Ich holte sofort mein Handy heraus und wählte die Nummer meiner Mutter.

»Hast du mit jemand anderem gesprochen?«, fragte Liam, während mein Telefon an meinem Ohr klingelte.

»Ja, mit ihrer Mutter«, sagte Nathan und deutete auf mich. Ich legte auf, sobald er das sagte. »Und Opal und Lea. Sie waren im Leuchtturm unten und haben irgendeinen Unsinn über Magie geredet, während ich oben gegen die verdammte Tür hämmerte. Sie haben mich schließlich gehört, und hier bin ich.«

»Wann wurdest du in den Schrank eingesperrt?«, fragte ich, als ich mein Handy auf den Tisch legte.

»Letzte Nacht, nachdem ich den Strand verlassen hatte, was technisch gesehen heute Morgen war. Ich entschied, dass ich wach war, also könnte ich auch gleich dort nach dem Rechten sehen. Ich kam bis in die oberste Etage, und dann hat mich jemand auf den Kopf geschlagen und in den Schrank gestoßen. Natürlich war es mitten in der verdammten Nacht. Ich war anfangs etwas benommen, aber nachdem ich begriffen hatte, dass ich nicht rauskommen würde, muss ich eingeschlafen sein. Ich hatte mein Handy auch nicht dabei, weil ich es im Auto gelassen hatte. Der Empfang dort ist wegen dieses Zaubers scheiße. Nachdem sie mich rausgelassen hatten, haben wir Daniel angerufen. Ich bin verdammt hungrig und brauche etwas zu essen. Daniel ist über das Geschehene informiert. Ich habe ihm die Erlaubnis gegeben, rauszugehen und am Leuchtturm zu tun, was immer er wollte.«

Zoe traf meinen Blick. »Es geht hier nicht nur um Magie.«

»Allerdings«, antwortete ich, als sich die Kellnerin mit unseren Getränken näherte.

Ich war so erleichtert, dass Nathan zurück war, dass ich nicht einmal wusste, was ich denken sollte. Ich schrieb meiner Mutter schnell eine SMS, um ihr mitzuteilen, dass ich angerufen hatte, um ihr von Nathan zu berichten.

Unsere Kellnerin brachte unsere Burger und eilte davon, um dasselbe für Nathan zu holen. Wir verbrachten den Rest des Abends damit, darüber zu grübeln, warum zum Teufel jemand das Licht am Leuchtturm ausschalten wollte.

Wie vorhergesagt, hörten wir jede Menge Klatsch, einfach nur, indem wir in der Bar waren. Die Hälfte der Stadt wusste nicht, dass der Leuchtturm mit Magie betrieben wurde, also nahmen sie an, es handelte sich um gewöhnlichen Vandalismus. Diejenigen, die wussten, dass er mit Magie betrieben wurde, hielten es auch für Vandalismus. Ein paar seltsame Theorien über Aliens, die das Licht gestohlen hätten, machten die Runde, aber ich schrieb das zu viel Alkohol zu.

Unterdessen hatte Nathan bereits Anrufe von der Küstenwache und dem Maine Bureau of Parks & Lands entgegengenommen. Sie waren beide an der Untersuchung des Schiffswracks und des Beacon's Charm Leuchtturms beteiligt.

»Das wird eine knifflige Sache für die Behörden«, murmelte Liam neben mir.

Zoe seufzte. »Ich weiß. Daniel macht sich bereits Sorgen darüber, wie er alles in seinen offiziellen Unterlagen darstellen soll. Er hat mich gestern Abend, als wir ins Bett gingen, gefragt, ob ich Hexen oder

Hexer kenne, die für die Küstenwache arbeiten. Mir fiel keiner ein. Was ist mit euch?«

Ich nahm einen Schluck von meinem Bier und knabberte an einer Pommes. »Ich weiß nicht.«

Als ich Liam anschaute, las er meine Gedanken. »Ja, ich werde meine Mutter fragen.«

Nathan lachte von der anderen Seite des Tisches. »Tante Alice, die Königin der Genealogie. Sie hat die Hexengeschichte zu einer verdammten Wissenschaft gemacht. Jetzt, wo ich nicht mehr am Verhungern bin, glaube ich, ich gehe nach Hause.«

»Ich muss auch gehen«, sagte Zoe. »Daniel hat mir gerade eine SMS geschickt und ist auf dem Weg nach Hause.«

»Du rufst an, wenn es Neuigkeiten gibt?«, fragte ich, als sie vom Tisch aufstand.

»Natürlich. Ich bin doch die Quelle.« Mit einem Winken drehte sie sich um und folgte Nathan nach draußen.

Liam schaute zu mir herunter. »Bist du bereit zu gehen?«

»Sicher. Ghost wird verhungern, wenn ich nicht bald nach Hause komme und ihm sein frisches Futter gebe«, antwortete ich und bezog mich auf meinen Kater. Er war jetzt verwöhnt und besaß mich praktisch. Ich war seine Person, anstatt dass er meine Katze war.

Liam lachte, beugte sich hinunter und drückte einen Kuss auf meine Lippen. Der Berührungspunkt sandte einen kleinen Blitz durch mich. Meine Versicherung an mich selbst, dass ich es langsam angehen lassen würde mit Liam, war vor Monaten in Rauch aufgegangen. Wir wohnten praktisch zusammen, aber das war für mich völlig in Ordnung.

Der Druck unserer Familien, uns zu verloben, war das Einzige, was mich noch belastete. Tatsächlich würden sie es vorziehen, wenn wir bereits verheiratet wären. Ein konkretes Beispiel dafür war, als wir Enchanted Spirits verließen und über den Stadtpark gingen, kam eine Gestalt eilig auf uns zu. »Hallo, Tante Opal«, sagte Liam.

»Wir haben Nathan gefunden!«, rief sie, als sie uns erreichte.

»Wir wissen«, erwiderte Liam mit trockenem Tonfall. »Wir haben gerade mit ihm zu Abend gegessen.«

Opal schnaubte, verdrehte die Augen und stützte eine Hand in die

Hüfte. Es war kühl heute Abend, und der Himmel war klar. Ihr wollenes Schultertuch war um ihre Schultern gewickelt, und ihre Augen glitzerten unter den Lichtern, die in der Innenstadt hingen. »Wisst ihr, das Timing für die Feiertage wäre nicht schlecht«, bemerkte sie vage.

»Wovon sprichst du?«, fragte ich zurück.

Liam drückte meine Hand, sein tiefes Lachen schickte einen Schauer über meinen Rücken. »Sie spielt darauf an, dass sie will, dass ich dich vor dem neuen Jahr frage, ob du mich heiraten willst«, sagte er.

Opal schnaubte erneut. »Meine Güte, Liam. Als mein Neffe dachte ich, du hättest mehr Verstand als das. So viel zur Überraschung.«

Daraufhin warf er seinen Kopf zurück und lachte herzlich. Währenddessen wirbelte Angst in meiner Brust. Ich hatte mein Schicksal, meine Bestimmung, oder wie auch immer man es nennen wollte, akzeptiert, aber ich wollte die Dinge immer noch in meinem eigenen Tempo tun.

»Weißt du, Opal, wenn nicht beide unsere Familien versuchen würden, uns wie Vieh zum Altar zu treiben, könnten wir vielleicht die Dinge in unserer eigenen Zeit herausfinden.«

Sie zögerte nicht einen Moment. »Liebes, Schicksal ist Schicksal. Du kannst ihm nicht ausweichen, also kannst du ihm genauso gut direkt ins Auge sehen. Jedenfalls bin ich froh, dass wir Nathan gefunden haben.«

»Das löst nicht alles«, fügte ich hinzu. »Wir haben immer noch ein Schiffswrack, einen kaputten Leuchtturm und jemanden, der offensichtlich einen Tarnzauber gesprochen hat.«

»So wahr, aber zumindest sind jetzt alle gefunden. Ich muss jetzt aber gehen, also gute Nacht.« Damit eilte Opal davon.

Liam zog an meiner Hand, und wir setzten unseren kurzen Weg zu seinem Auto in der frostigen Nacht fort. Während wir nach Hause fuhren, blickte ich zu seinem Profil hinüber. Die Natur hatte ihn unfairerweise gesegnet, der Mann war lächerlich gutaussehend. Er hatte ein gemeißeltes Gesicht, einen starken eckigen Kiefer, eine schmale Nase und einen weichen, sinnlichen Mund obendrein. Wie gesagt, lächerlich.

Bevor ich überhaupt sprechen konnte, las er wieder meine Gedanken. »Opal liegt mir in den Ohren, aber dann kennst du Opal ja. Sie ist so schlimm wie Lea. Gott sei Dank geben uns unsere Eltern etwas mehr Abstand.«

Ich atmete tief ein und ließ die Luft mit einem zitternden Seufzen ausströmen.

»Ich mache mir keine Sorgen darüber, was irgendjemand anderes will«, fügte er hinzu, seine Stimme rau in der Stille des Autos.

Mein Herz schlug hart und schnell in meiner Brust. »Ich weiß«, sagte ich schließlich.

Er hielt an einem Stoppschild an und schaute zu mir herüber, bevor er auf die Straße einbog, die zu meinem Haus führte. Das Mondlicht machte seine Augen silberblau. »Du brauchst dir keine Sorgen zu machen«, sagte er leise.

»Ich hasse einfach Druck.«

Er beugte sich herüber und fing meine Lippen in einem schnellen Kuss ein. Das Gefühl seines Mundes auf meinem war wie eine Feuersbrunst. Der Kontrast der kühlen Luft, die meine Lippen traf, als er sich zurückzog, verstärkte die Empfindung.

KAPITEL DREI

Am nächsten Morgen lag eine leichte Schneeschicht auf dem Boden, als ich aus meinem Kutscherhaus trat. Als ich nach Charm Cove zurückkehrte, zog ich in das Haus ein, das ich von meiner Großmutter geerbt hatte, nachdem sie verstorben war. Es war nur ein Katzensprung vom Haus meiner Eltern entfernt, aber weit genug, um etwas Privatsphäre zu haben. Liam war heute früh aufgebrochen, um seinem Vater zu helfen, Holz für den riesigen Kamin zu schleppen, den sie im Winter im Haus seiner Eltern benutzten. Als ich die Tür hinter mir schloss, hielt ich inne, um einen tiefen Atemzug der belebenden frühen Winterluft zu nehmen.

Die leicht mit Schnee bedeckten Nadelbäume, die den Garten säumten, sahen aus, als wäre Zucker darüber gestreut worden. Ghost überquerte den Hof und fiel mir erst auf, als er näher kam, weil sein weißes Fell mit der Landschaft verschmolz. Sein Blick fixierte mich für einen Moment, als er im Hof erstarrte, aber dann peitschte er mit dem Schwanz durch die Luft und flitzte um die Rückseite des Hauses. Liam hatte für ihn eine Katzenklappe an der Hintertür eingebaut, sodass er kommen und gehen konnte, wie es ihm gefiel.

Aus Neugier ging ich um das Haus herum. Meine Stiefel hinterließen deutliche Fußabdrücke in der dünnen Schneeschicht, als ich auf die Klippe über dem Strand zulief. Es war noch ziemlich früh, noch nicht einmal sieben Uhr morgens, und die aufgehende Sonne tauchte den Himmel in rosa Schattierungen. Der Atlantische Ozean erstreckte sich vor mir wie ein buchstäbliches Meer aus Grau.

Als ich am Rand der Klippe stand, blickte ich hinunter, um zu sehen, was mit dem havarierten Boot passierte. Dort, wo das kleine Fischerboot nicht weit vom Haus entfernt gegen die Felsen gekracht war, schwammen Bojen im Wasser darum herum, und ein Boot der Küstenwache schwebte in der Nähe. Soweit ich wusste, wollten sie das Boot heute abschleppen, zwei Tage nach seinem spektakulären Mitternachtscrash. Die Front lehnte am Ufer; der Bug war an den Felsen gebrochen.

Ich überlegte, wie die drei Passagiere sich vor unseren Blicken am Strand dort versteckt haben könnten. Ein Tarnzauber hätte den Trick getan, aber diese waren selten und erforderten ziemlich viel Kraft. Da hatten wir noch einiges vor uns. Abgesehen davon, dass wir herausfinden mussten, wer hinter all dem steckte, mussten wir wirklich wissen, wie wir den Leuchtturm wieder zum Laufen bringen konnten.

Oder besser noch, wir mussten herausfinden, wie zur Hölle jemand einen jahrhundertealten Zauber brechen konnte. Wer und warum?

Mit einem letzten Blick über das Meer drehte ich mich gerade rechtzeitig um, um zu sehen, wie Ghost über das Geländer auf der hinteren Veranda huschte und durch seine Katzenklappe stürmte. Als ich zurückging, prüfte ich, ob die Kaffeemaschine ausgeschaltet war. Mein renoviertes Kutscherhaus hatte eine Vordertür, die ins Wohnzimmer mit hoher Decke führte, und der ehemalige Heuboden war in einen Wohnbereich mit zwei Schlafzimmern und einem Badezimmer umgewandelt worden. Der originale Kastanienboden war im ganzen Haus auf Hochglanz poliert. Die Rückseite des Kutscherhauses, in der sich einst Reihen von Ställen befanden, war jetzt eine Fensterfront mit Blick auf den Ozean.

Ich schnappte mir meine Handtasche von der Eckcouch, die in einem Winkel stand, eine Seite mit Blick auf den Ozean und die andere zur Fernsehwand. Die Küche und der Essbereich auf der Seite hatten eine kleine Insel mit Hockern zum Sitzen. Mein Mantel lag über einem der Hocker. Ich zog ihn an, prüfte, ob Ghost frisches Wasser hatte, und machte mich dann auf den Weg.

Während der Fahrt nahm ich die feenhaft bestäubte Landschaft in mich auf. Manche Leute nannten diese Jahreszeit Stocksaison, weil die Laubbäume ihre Blätter verloren hatten und wir noch nicht viel Schnee hatten, so dass die Silhouette mit den nackten Ästen, die in den Himmel ragten, karg aussah. Die Fülle des Sommers und Herbstes war vergangen, die gefallenen Blätter nun mit Schnee bedeckt.

Ich liebte diese Jahreszeit, vielleicht weil sie ein Vorbote dessen war, was noch kommen würde. Ich liebte den Winter mit seinen verschneiten Nächten, heißem Apfelwein, Stürmen draußen und einem Feuer im Kamin. Es war Zeit, sich einzuigeln und von denen umgeben zu sein, die man liebte.

Aber andererseits liebte ich etwas an jeder Jahreszeit. Im Frühjahr würde ich das Gefühl des Wachstums und Aufblühens nach Monaten der Kälte lieben. Der Sommer brachte die salzigen Brisen mit sich, die vom Ozean hereinwehten, und das Wasser des Atlantiks war warm genug zum Schwimmen. Ich würde den Sonnenschein und das Gefühl der Sorglosigkeit genießen, auch wenn es nur für ein paar Stunden am Tag war. Und wieder schloss sich der Kreislauf mit dem Herbst, der den Wald in ein Kaleidoskop aus Farben und Schönheit am Himmel explodieren ließ. Das drängende Gefühl, alles zu sammeln, um sich auf den Winter vorzubereiten, war belebend.

Jetzt, wo ich seit fast sechs Monaten wieder in Charm Cove war, konnte ich kaum glauben, dass ich jemals gedacht hatte, ich könnte woanders leben. New York City war sicherlich eine Abwechslung gewesen, und ich hatte den Kontrast eine Zeit lang genossen. Mehr als alles andere hatte ich versucht, mich vor meiner Magie und vor meinem Schicksal zu verstecken. Eine Hexe zu sein hatte seine Nachteile, aber es war ein wesentlicher Teil von mir. In meiner Zeit weg war ich reifer geworden und eher durch Zufall nach Hause gekommen.

Nur um festzustellen, dass der Mann, den ich einst geliebt hatte, auf die Art, wie nur die Jugend lieben kann – wild, kopfüber und unbekümmert – ebenfalls zurückgekehrt war.

Ich war wie ein Bumerang zurück zu Liam Good gekommen, dem Mann, der mein Schicksal verkörperte. Ich schüttelte den Kopf, als ich von der Küstenstraße auf die Straße abbog, die mich mitten ins Zentrum von Charm Cove führte. Ich bog in den Charming Way ein, suchte mir einen Parkplatz hinter unserem Laden, steckte meine Schlüssel ein und ging über den Grünstreifen, um einen Kaffee und vielleicht etwas Klatsch bei Magic Beans zu holen.

Ein paar Minuten später stieß ich die Tür auf, und eine fröhliche Glocke bimmelte über meinem Kopf. Der Duft von Kaffee und Backwaren umhüllte mich, als die Tür hinter mir zufiel.

Sarah Glen lächelte mich hinter der Theke an, als ich näher kam. Ihr blondes Haar war zu einem Pferdeschwanz zurückgebunden, und ihre blauen Augen leuchteten. »Guten Morgen, Moira. Kein Liam heute?«

Ich lächelte und schüttelte den Kopf. »Morgen. Kein Liam heute. Er hilft seinem Vater beim Holzschleppen. Das ist ein Ganztagesprojekt.«

Sarah grinste. »Ich habe John rausgeschickt, um dasselbe zu tun. Wir müssen unser Holz einlagern, bevor es zu viel Schnee gibt. Ich schwöre, jedes Jahr wartet er zu lange.«

Nachdem Sarah mir meinen Kaffee und ein Blaubeer-Scone gereicht hatte, ließ ich mich auf einen Stuhl an einem Tisch in der Ecke sinken. Ich war heute Morgen früher dran und hatte Zeit, bevor der Laden öffnete. Beim Blick aus dem Fenster beobachtete ich, wie die Leute eilig die Straße entlang zur Arbeit hasteten. Persnickety Potions & Gifts lag fast direkt gegenüber vom Grün von Magic Beans am Charming Way.

Einkäufer liefen mit ihren Winterjacken auf den Bürgersteigen entlang, unbeeindruckt vom Wetter. Die Gemeindearbeiter hatten dafür gesorgt, dass die Gehwege frei waren. Jede Stadt in Maine wusste, wie man mit Schnee umging. Ob leichter Schneefall oder starker Schneefall, das Leben verlangsamte sich nicht.

Ich beobachtete, wie einige Gemeindearbeiter den Balsambaum in der Mitte des Grüns schmückten und den bereits um ihn herum gespannten Lichtern leuchtend rote Schleifen hinzufügten. Als ich einen Bissen meines warmen Scones nahm, seufzte ich, als sich der Geschmack auf meiner Zunge entfaltete.

»Hallo, Moira«, rief eine Stimme. Ich schaute mich um, erkannte

Tante Leas Stimme, bevor ich sie überhaupt sah, und sie winkte von der Theke aus. Ich winkte zurück und nahm einen Schluck Kaffee.

Innerhalb von Momenten ließ sie sich auf den Stuhl mir gegenüber gleiten. Ihre grünen Augen kräuselten sich in den Augenwinkeln mit ihrem Lächeln. Wie üblich trug sie einen eng anliegenden Rock und eine Bluse. Sie war immer elegant, selbst im Winter. »Ich hätte wissen müssen, dass ich dich heute Morgen hier treffen würde. Du hast noch etwas Zeit, bevor du öffnen musst. Ich habe mich gefragt, ob es dir etwas ausmacht, wenn ich heute Morgen vorbeikomme, um ein paar Tränke zu brauen.«

Ich lächelte. »Guten Morgen. Natürlich habe ich nichts dagegen. Du kannst jederzeit vorbeikommen. Es ist ja nicht mein persönlicher Laden.«

Persnickety Potions & Gifts war seit ein paar hundert Jahren im Besitz meiner Familie. Tante Lea hatte ihn zuletzt geführt, aber die Zügel an mich übergeben, als ich letzten Sommer nach Charm Cove zurückzog. Bei ihr war Brustkrebs diagnostiziert worden, und sie hatte genug um die Ohren.

Überraschenderweise, für mich und wahrscheinlich für alle anderen, genoss ich es, den Laden zu führen. Ich hatte vergessen, wie gerne ich dort Zeit verbracht hatte, als ich jünger war. Wie die Zwillinge hatte ich während meiner Teenagerjahre im Laden gearbeitet.

Es machte Spaß, wieder zurück zu sein. Obwohl ich ihn technisch gesehen leitete, wurde das Einkommen des Ladens unter unserer erweiterten Familie aufgeteilt, nachdem die Zwillinge und ich bezahlt wurden, und es war ziemlich profitabel. Charm Cove war ein beliebtes Touristenziel in Maine und zufällig eine der beliebtesten Kleinstädte entlang der Küste. Andere Städte kämpften ständig um den Touristenverkehr, den wir anzogen. Sie wussten nicht, dass sie nicht wirklich viel Chancen hatten, zu konkurrieren.

Charm Cove wurde hauptsächlich von Hexen geführt, also bezauberten wir die Menschen. Wir wussten auch, wie man sehr profitable Geschäfte führt. Unser kleiner Geschenkeladen war einer von vielen in der Stadt. Die beliebtesten Läden der Stadt gehörten alle Hexenfamilien. Die Wickeds führten Persnickety Potions & Gifts seit seiner Gründung vor Jahrhunderten. Währenddessen besaß die Familie Good

Beauty Bewitched. Die Familie Bishop führte seit Jahrhunderten ein florierendes Verlagsgeschäft in The Ink Spot. Einige andere Geschäfte kämpften um die Spitzenplätze in der Stadt, aber wir nutzten unsere Kräfte nur für Gutes, wenn es ums Geschäft ging. Von Hexen geführte Restaurants und Bars hatten ebenfalls begehrte Plätze als Favoriten in der Stadt, darunter Magic Beans und Enchanted Spirits.

Wenn allerdings die anderen Städte in der Nähe von der Hexerei wüssten, die wir einsetzten, um die Dinge so reibungslos wie möglich zu gestalten, hätten sie vielleicht etwas dagegen einzuwenden.

Tante Lea streckte die Hand über den Tisch und drückte meine Hand, ihre silbernen Armbänder klirrten bei der Bewegung. »Ich bin so froh, dass du den Laden übernommen hast, und ich möchte dir nicht auf die Füße treten.«

Ich lächelte, als sie meine Hand losließ und einen Schluck ihres Kaffees nahm. »Ich mache mir keine Sorgen deswegen. Außerdem bist du die Königin der Tränke. Na ja, du und meine Mutter. Und ich vermute, Tante Penelope auch.«

Tante Lea lächelte und zwinkerte. »Ich glaube, deine Mutter und ich machen einen besseren Job als sie«, sagte sie mit einem leichten Grinsen. Tante Penelope, Gott segne ihr Herz, hatte die 60er und 70er Jahre ziemlich ernst genommen und so ziemlich jede Droge ausprobiert, auf die sie stieß. Daher war ihre Magie selbst fast beschwipst.

»Wir sind gut bestückt«, fügte ich hinzu. »Wofür musst du Tränke zubereiten?«

»Na ja, mit den kommenden Feiertagen würde ich gerne ein paar besondere Dinge für die Leute machen. Außerdem, gib es noch ein paar Wochen, und dir werden alle unsere Liebestränke ausgehen. Vertrau mir, mir sind sie jedes Jahr ausgegangen. Ich werde heute einfach ein paar zusätzliche machen, während ich da bin.«

Ich nickte und nahm noch einen Bissen von meinem Scone. Sie wechselte sofort das Gesprächsthema. »Ich habe endlich die Namen der drei Personen bekommen, die die andere Nacht auf dem Boot waren.«

»Oh, wer?«

»Amy Lévesque, die eine Hexe ist, falls du das nicht wusstest. Sie ist eine entfernte Cousine deiner Mutter und vermutlich auch von dir.

Jared Booth, der ein Hexer ist. Er ist seit Ewigkeiten Fischer. Man hört nicht viel von dieser Familie, aber sie haben definitiv Kräfte. Dann Clint Owens, der keine Kräfte hat und, soweit ich weiß, mit niemandem verwandt ist, der Kräfte hat. Daniel hat sie anscheinend befragt, aber er erzählt niemandem etwas. Ich habe versucht, ein paar Informationen aus ihm herauszubekommen, und dieser Mann ist so verdammt stur. Könntest du bitte deine Freundin Zoe bitten, mit ihm vernünftig zu reden? Um Himmels willen, wann wird er lernen, dass Hexen eher eine Hilfe als ein Hindernis für ihn sind?«, fragte sie mit einem Schnauben.

Ich zuckte mit den Schultern und nahm den letzten Bissen meines Scones. Nachdem ich fertig gekaut hatte, nahm ich einen Schluck Kaffee. »Ehrlich gesagt, kann ich mir kaum vorstellen, hier Polizeichef zu sein. Ich weiß, dass er dich ärgert, aber du weißt, warum er versucht, vorsichtig zu sein. Jedes Mal, wenn er Informationen von Hexen bekommt, muss er vorsichtig sein, wie er sie in seinen Unterlagen festhält. Zoe hat mir oft gesagt, dass er es vorzieht, seine Fälle mit guter alter Detektivarbeit zu lösen.«

Tante Lea seufzte ziemlich theatralisch. Sie tupfte mit einer Serviette an ihrem Mund, nachdem sie einen Schluck Kaffee genommen hatte, und hob ihre Schulter in einem eleganten Achselzucken. »Na ja, es ist einfach albern. Und um Himmels willen, der Mann ist mit einer Hexe verheiratet. Er wird ein Kind mit Kräften haben.«

»Ich weiß, und das weiß er auch. Ich wollte nur sagen, dass ich seine Bedenken verstehe«, wies ich darauf hin.

Tante Lea strich sich ein unsichtbares Haar von der Stirn. Heute trug sie ihr größtenteils silbernes Haar in einem elegant gedrehten Knoten mit roten Essstäbchen, die hindurchgesteckt waren. Die Frau hatte mehr Essstäbchen als jeder andere, den ich kannte, und sie benutzte sie ausschließlich, um ihr Haar hochzustecken. Ihre leuchtend rote Brille hing an einer Kette um ihren Hals und fügte einen weiteren Farbtupfer hinzu.

Sie schüttelte den Kopf über meine Antwort. »Nun, er ist ein Kontrollfreak«, sagte sie nachdrücklich.

Ich verdrehte die Augen. »Es braucht einen, um einen zu erkennen.«

Tante Lea blitzte ein verschmitztes Grinsen, ohne sich daran zu stören. Wir tranken unseren Kaffee aus und gingen gemeinsam über den Grünstreifen. Während ich den Laden öffnete, ließ sie sich hinten am Arbeitstisch nieder. Was die Tränke angeht, war das meiste, was wir verkauften, harmlose Kräutermedizin und ähnliches. Allerdings hatten wir ein paar beliebte Heilmittel, die leicht verzaubert waren. Insbesondere Liebeszauber und ähnliche Dinge.

In der Welt der Hexen konzentrierten sich einige Familien stärker auf die Herstellung von Tränken. Meine Familie war bekannt für ihre Fertigkeit mit Tränken, ebenso wie die Familie Good. Tante Lea hatte in die Familie Good eingeheiratet. Vor ihrer Ehe war sie eine Wicked gewesen. Meine Mutter hatte ihren Bruder geheiratet.

Penelope und Lea nahmen meine Mutter auf, als wäre sie eine ihrer Schwestern. Zwischen den beiden Familien war ich mein ganzes Leben lang mit Tränken aufgewachsen. Wir hatten Platz, um sie hier im Laden zuzubereiten, und hielten Grundvorräte, aber meine Mutter und Tanten machten sie auch zu Hause, wenn die Lust sie überkam. Während meiner Kindheit verging kaum eine Woche, ohne dass meine Mutter etwas Magisches zubereitete.

Innerhalb von Minuten, nachdem ich das Schild an der Vorderseite auf geöffnet gedreht hatte, war der Laden voll. Obwohl meine Gedanken immer wieder zu diesen drei Personen zurückkehrten, die nach dem Schiffbruch einige geheimnisvolle Stunden lang durch diesen Tarnzauber verborgen waren, war ich beschäftigt genug, um mir nicht zu viele Sorgen zu machen. Das Drama, in einem Hexendorf wie Charm Cove zu leben, konnte ermüdend sein. Doch ich hatte es auch vermisst, als ich woanders gelebt hatte.

Während einer kurzen Flaute kam Tante Lea nach vorne, um bei mir zu sitzen, während ich Ringe für eine unserer Schmuckvitrinen sortierte. Sie schaute demonstrativ auf sie, bevor sie auf meine linke Hand deutete und eine Augenbraue hochzog.

»Was?«, fragte ich.

»Wann werden du und Liam einfach der Wahrheit ins Auge sehen?«

Ah, das hätte ich meilenweit kommen sehen sollen.

»Meinst du unser Schicksal?«

Sie grinste, ihre Augen funkelten. »Genau das, Liebes. Schön, dich das so sagen zu hören. Ihr beide datet, und deine Mutter erzählt mir, dass er normalerweise bei dir übernachtet, also...« Sie ließ ihre Worte ausklingen.

Ich bekam fast Bremsspuren auf der Zunge vom Beißen darauf. Lieber Gott. Meine Mutter behielt Liam und mich im Auge. Großer Nachteil, ein Zuhause auf dem Grundstück meiner Familie zu haben.

Liam hatte die alte Hausmeisterhütte auf dem Grundstück meiner Eltern gemietet, also war es für ihn ziemlich praktisch, größtenteils bei mir zu bleiben.

Ich verlor den Kampf, keinen Kommentar abzugeben. »Meine Mutter kann mein Haus oder die Hausmeisterhütte nicht von ihrem Platz aus sehen, also habe ich keine Ahnung, woher du die Idee hast, dass sie weiß, wo Liam schläft.«

Tante Lea verdrehte die Augen und streckte tatsächlich die Hand aus, um meine Wange zu tätscheln. »Wie süß. Du denkst, wir wüssten nicht, was vor sich geht.«

Ich atmete ein und ließ es mit einem Seufzer wieder aus, während ich den letzten Ring in die samtgefütterte Schatulle legte und den Glasdeckel schloss. »Ich denke nicht, dass ihr nicht wisst, was vor sich geht. Weit gefehlt zu glauben, dass du uns vielleicht ein bisschen Ruhe und Frieden gönnen würdest und uns die Dinge in unserem eigenen Tempo herausfinden lassen würdest. Wir daten, aber das ist alles, worüber ich reden möchte.«

Tante Leas Blick wurde nachdenklich. Nach einem Moment neigte sie den Kopf zur Seite. »Habe ich dir jemals davon erzählt, wie Jacob und ich zusammengekommen sind?«

Lea und Jacob waren das Paar, das für ihre Generation zum Heiraten bestimmt war - Lea war die Wicked und Jacob der Good in dieser Gleichung.

»Ich glaube nicht. Ihr beiden seid schon zusammen, seit ich geboren wurde. Ihr scheint ziemlich glücklich und sehr verliebt zu sein. Mal ehrlich, Onkel Jacob ist praktisch dein Sklave.«

Tante Lea warf den Kopf zurück und lachte. »Nicht ganz, Liebes. Ich weiß, dass er mich liebt, aber er ist ein sehr mächtiger Hexer, und du weißt das. Wie auch immer...« Sie hielt inne, ihr Gesichtsausdruck wurde ernster. »Ich war ein bisschen wie du. Ich war mir nicht sicher, ob es das war, was ich wollte. Natürlich, wenn du denkst, dass du Druck erfährst, hast du keine Ahnung, wie es früher hier war. Obwohl unsere Familien immer noch ihre Traditionen haben, sind die Dinge viel anders und viel offener als früher. Damals war es ziemlich üblich, die Person zu heiraten, die deine Eltern für dich für geeignet hielten - sowohl innerhalb als auch außerhalb der Hexengemeinschaft. Unsere Familien glaubten absolut, dass wir heiraten müssten, sobald wir alt genug waren. Die Idee, das in Frage zu stellen, war praktisch ein Sakrileg. Du solltest deinen Vater fragen, wie ich mich gefühlt habe. Wenn wir nicht als Teenager stritten, schmiedete ich mit ihm Pläne, wie ich weglaufen könnte. Das will etwas heißen, denn Jacob« - sie hielt inne und legte ihre Hand auf ihre Brust, während ihre Augen feucht wurden - »war ein gutaussehender Mann. Jetzt ist er ganz würdevoll und so, aber damals war er verwegen, und oh, ich habe ihn einfach angebetet. Aber die Idee, dass wir füreinander bestimmt waren, und was schief gehen könnte, wenn wir nicht heiraten würden, nun, es war viel zu bewältigen. Ich versuche wohl zu erklären, dass ich verstehe, wie du dich fühlst.«

Ich bemerkte nicht, dass mein Mund offen stand, bis sie ihre Hand ausstreckte und mit ihrem Finger darunter tippte. »So, sei nicht so überrascht.«

»Aber...«, stotterte ich und pausierte, um meine Worte zu sammeln. Ich griff nach meinem Kaffee auf der Theke und nahm einen Schluck.

»Du bist eine der Schlimmsten, wenn es darum geht, mir zu sagen, dass wir uns damit auseinandersetzen müssen. Du und meine Mutter. Letzten Sommer hast du dieses ganze lächerliche Ding veranstaltet, nur um mich dazu zu bringen, hierher zurückzuziehen.«

Tante Lea grinste. »Ich wusste, dass du bald nach Hause kommen würdest. Ich hatte es sicherlich gehofft. Ich wollte die Dinge einfach beschleunigen. Ich werde die Erste sein, die dir sagt, dass ich mir versprochen hatte, als wir herausfanden, dass du für diese Generation dazu bestimmt warst, Liam zu heiraten, dass ich, wenn es sich nicht richtig anfühlen würde, mich dagegen aussprechen würde. Denn ich fühle mich glücklich, dass ich Jacob liebe. Ich könnte mir nicht vorstellen, gezwungen zu sein, mit einem Zauber umzugehen, der nicht gebrochen werden kann, für jemanden, den ich nicht liebe.«

Ich nahm noch einen Schluck Kaffee und versuchte, das, was sie sagte, zu verarbeiten.

»Ich habe dich und Liam zusammen gesehen. Es ist sonnenklar, dass ihr zwei füreinander bestimmt seid. Schicksal und jahrhundertealter Zauber hin oder her. Dieser Junge hat dich in der Highschool wie verrückt geliebt, und du hast ihn angebetet. Ehrlich gesagt habe ich es gehasst, dass ihr zwei für ein paar Jahre Schluss gemacht habt, aber im Nachhinein denke ich, dass das der einzige Weg war, wie ihr zueinander zurückfinden würdet. Ich meine, seien wir ehrlich, das Gehirn ist in deinen Teenagerjahren praktisch in Hormonen mariniert. Es ist nicht so, dass irgendjemand sehr klar denken kann, geschweige denn intelligente Entscheidungen treffen. Der einzige Grund, warum ich etwas dazu gesagt habe, ist, weil es so offensichtlich ist, dass ihr euch liebt. Ich gebe zu, ich war ziemlich verängstigt, als ihr zwei wegen diesem Mädchen Schluss gemacht habt. Liam ist so ein Idiot. Er hat das herausgefunden, aber dann bist du weggezogen und hast der Magie abgeschworen. Wir haben wirklich versucht, es vor dir zu verbergen, aber wir hatten Angst, Liebes. Sehr große Angst. Ich bin *so* froh, dass du den Weg nach Hause gefunden hast und die Wahrheit erkannt hast.«

Tante Lea war manchmal ein bisschen flatterhaft, also wechselte sie genau so das Thema. Anscheinend hatte das Wort "Licht" sie auf eine andere Spur gebracht. »Genug davon. Apropos Licht, ich weiß nicht einmal, was ich wegen des Leuchtturms tun soll. Wir müssen diesen Zauber reaktivieren und ihn zum Laufen bringen. Wir haben bereits Anrufe von der Küstenwache und dem Bureau of Parks & Lands erhalten. Weil es ein offizieller Leuchtturm ist, muss er funktionieren. Ich musste rübergehen und die Verkabelung in diesem Gebäude durchbrennen. Sie kommen zu Besuch, also brauchten wir einen Grund für seine Fehlfunktion.«

»Ohne den Zauber wird er nicht mit normaler Energie funktionieren?«, fragte ich.

Sie atmete tief ein und ließ es mit einem heftigen Seufzer wieder raus. »Nein. Er läuft mit Magie, und du kannst Magie nicht mit Elektrizität befreunden. Wir werden Nathan helfen müssen, einen hübschen Penny für die Neuverkabelung zu bezahlen. Ich habe es gründlich durchgebraten.«

Ich war noch benommen von ihrer Eingestehung ihrer Erfahrung, dass sie dazu bestimmt war, Jacob zu heiraten. Mit einem geistigen Schütteln machte ich einen Hopser, einen Sprung und einen Satz in meinem Kopf und holte sie im Gespräch ein. »Wer hat den ursprünglichen Zauber für den Leuchtturm gewirkt?«

»Liams Mutter recherchiert das. Der Leuchtturm wurde damals von mehreren Familien gebaut, also sind wir uns nicht wirklich sicher. Er hat all die Zeit gut funktioniert, also musste sich niemand wirklich Gedanken darüber machen. Aber du kennst Liams Mutter. Sie wird das für uns herausfinden.«

In diesem Moment kam ein Kunde herein und beendete unser kleines Tête-à-Tête. Der Tag verging wie im Flug, geschäftig mit Kunden im Laden und dem Verdienen von jeder Menge Geld. Die Zeit vor den Feiertagen war eine ertragreiche Zeit für uns. Thanksgiving war nächste Woche, und dann würde der Dezember einfach verrückt werden. Ich hoffte nur, dass wir das Leuchtturmproblems vorher lösen könnten.

Es war allerdings ein Knüller. Ein Schiffswrack, der kaputte Leuchtturm, drei Personen, die durch einen Tarnzauber versteckt waren, und dann Nathan, der einen Schlag auf den Kopf bekam und in einem Schrank eingeschlossen wurde. Ich wusste nicht, ob es nur Magie war, oder nicht.

KAPITEL VIER

Am nächsten Tag rief meine Mutter mich am späten Nachmittag an. Die Zwillinge halfen nach der Schule im Laden aus, was mir die Möglichkeit gab, den Anruf entgegenzunehmen. Ich war den ganzen Tag ununterbrochen unterwegs gewesen, nur um mitzuhalten. Ich schob den Perlenvorhang zur Rückseite beiseite und antwortete: »Hey, Mama, was gibt's?«

»Lea ist gesund!«, rief sie aus.

Ich brauchte einen Moment, bis ich verstand. »Ihr Krebs ist weg?«

»Ja!«, schrie meine Mutter mir praktisch ins Ohr. »Sie und Jacob waren heute in Portland. Sie hat mich gerade mit der Neuigkeit angerufen. Sie sind bereits auf dem Rückweg. Ich möchte feiern, also gibt es heute Abend bei uns Essen. Bitte komm mit Liam vorbei und bring die Zwillinge direkt mit nach Hause.«

Eine Welle der Erleichterung, gefolgt von einem Schwall Emotionen, durchströmte mich. Wir hatten erst letzten Sommer von Leas Krebsdiagnose erfahren, weil sie es monatelang verheimlicht hatte. Wir waren alle besorgt gewesen. Sie war für die Chemotherapie nach Portland gefahren, aber niemand hatte mit ihr darüber gesprochen, also hatten wir uns auch Sorgen gemacht, wie die Chemo ihre Kräfte beeinflussen würde.

Hexen bekamen Krebs, aber wir wussten nicht genau, wie er sich auf Hexenkräfte auswirkte. Bisher schienen ihre Kräfte nur dann beeinträchtigt zu sein, wenn sie von den Behandlungen erschöpft war.

»Mama, wissen die Zwillinge Bescheid?«, fragte ich.

»Noch nicht. Lea wollte es ihnen selbst sagen, also kein Wort darüber.«

Ich wollte nach vorne laufen, sie an mich drücken und ihnen sagen, dass ihre Mutter in Ordnung sein würde, aber ich war stolz darauf, die am wenigsten zu Dramatik neigende Person in unserer Familie zu sein. Ich würde den Mund halten.

Nachdem ich mich erkundigt hatte, ob meine Mutter wollte, dass ich etwas zum Abendessen mitbringe, machte ich mich wieder an die Arbeit, erleichtert darüber, dass es zu geschäftig war, um viel mit den Zwillingen zu reden. Ich schrieb Liam eine Nachricht, und er willigte ein, mich später im Haus meiner Eltern zu treffen. Sobald wir den Laden geschlossen hatten, packte ich die Zwillinge in mein Auto und düste nach Hause.

Da ich wusste, dass die Auffahrt meiner Eltern überfüllt sein würde, parkte ich bei meinem Kutschenhaus und wir gingen die kurze Strecke zum Haus meiner Eltern.

Meine Familie besaß ein riesiges Stück erstklassiges Grundstück direkt auf einer Klippe mit Blick auf den Atlantischen Ozean. Ich bezweifelte, dass wir es uns zu heutigen Preisen leisten könnten, aber als meine Familie sich hier niederließ, war die windgepeitschte Küste von Maine nur spärlich besiedelt. Meine Familie, zusammen mit den Goods und einigen anderen Familien, war hierher gezogen, um der aufkeimenden Hysterie über Hexen in Salem zu entkommen. Unsere Vorfahren hatten gehofft, dass die Entfernung für Sicherheit sorgen würde, und das tat sie auch. Dank dieser weitsichtigen Entscheidung war Charm Cove zu einem der mächtigsten Zentren für Hexen in der Welt geworden. Wir waren jahrhundertelang unter dem Radar geblieben und bevorzugten es so. Damals war es nicht einfach gewesen, hierher zu gelangen. Was heute eine Tagesfahrt war, hatte damals Wochen des Reisens bedeutet.

Meine Familie hatte Anspruch auf mehrere hundert Morgen Land entlang der Küste erhoben. Es gab ein altes Kolonialfarmerhaus, ein

Hausmeisterhaus, eine Gärtnerhütte und das alte Kutschenhaus. Nach dem Tod meiner Großmutter väterlicherseits war mir das alte Kutschenhaus überschrieben worden.

Celia und Delia hüpften mit mir mit, als wir von meinem Haus herüberliefen. Zum Glück hatte unsere weitläufige Familie genug spontane Abendessen, sodass sie nicht hinterfragten, warum wir kurzfristig zum Essen zusammenkamen. Ich hoffte nur, dass Lea und Jacob bereits hier sein würden, damit die Mädchen sofort die Neuigkeiten erfahren könnten.

Das Haus meiner Eltern stand hoch auf einer Klippe über dem Wasser, mit Blick auf den Hafen in der Innenstadt von Charm Cove in der Ferne. Das Kolonialfarmerhaus war in den 1700er Jahren von meinen Vorfahren gebaut worden. Natürlich waren im Laufe der Jahre Modernisierungen vorgenommen worden. Es war salbeigrün gestrichen und hatte ein kirschrotes Edelstahldach.

Wir gingen durch die Haupttür, deren Schließen im Flur widerhallte. Ein kühler Luftzug folgte uns hinein. Wir gingen den Flur entlang und durch die Türöffnung in die Küche. Das klassische Kolonialhaus hatte einen Haupteingang mit einer geschwungenen Treppe, die nach oben führte. Der obere Treppenabsatz führte zu einem Flur mit Zimmern auf beiden Seiten.

Im Erdgeschoss verlief der Flur durch die Mitte des Hauses. Ein Wohnzimmer, ein Salon und ein Esszimmer befanden sich auf der einen Seite, eine massive Küche und ein ungezwungenerer Essbereich auf der anderen.

Die Küche war warm und einladend. Eine große Insel stand in der Mitte des Raumes. An der Rückwand verlief eine Arbeitsplatte etwa über die halbe Länge des Raumes mit einem holzbefeuerten Ofen, auf den meine Mutter immer noch schwor, obwohl sie ihn nur zum Backen benutzte. Sie hatte auch einen Propangasherd und -kochfeld. Am hinteren Ende des Raumes befand sich ein großes Erkerfenster mit Blick auf den Ozean hinter dem Haus. Ein runder Esstisch stand in der durch den Erker geschaffenen Nische. Eine überdachte Veranda erstreckte sich über die gesamte Rückseite des Hauses.

Ich freute mich zu sehen, dass Tante Lea bereits hier war. Sie stützte sich mit den Ellbogen auf die Theke und plauderte mit meiner

Mutter und ihrer Schwester Penelope. Währenddessen saßen mein Vater, Onkel Jacob, Liam und meine Cousine Emma am Tisch. Die Zwillinge waren eine Überraschung für Tante Lea und Onkel Jacob gewesen. Emma und ich waren gleichaltrig und waren Teenager gewesen, als die Zwillinge geboren wurden.

Ein Chor von Begrüßungen empfing uns, und ich winkte allen zu. Die Zwillinge hüpften zur Küchentheke und schnappten sich sofort ein paar Scheiben frisches Brot, das Tante Penelope gerade schnitt. Ich hoffte, dass Tante Lea nicht beabsichtigte, mit ihrer Nachricht für die Zwillinge zu warten.

Sie streckte die Arme nach ihnen aus, hakte ihre Hände in ihre Ellbogen ein und zog sie nahe zu sich. »Mädchen, heute feiern wir.«

»Wofür?«, fragten die Zwillinge im Chor.

»Nun, ich war heute in Portland und habe gute Nachrichten bekommen. Ich bin krebsfrei.«

Celia und Delia waren einen Moment lang still, während sie sich auf ihre Mutter konzentrierten. Dann schlang Delia ihre Arme um ihre Mutter, und Celia folgte ihr. Ein bisschen Weinen und eine lange Umarmung folgten.

Offensichtlich wusste der Rest des Raumes bereits Bescheid, denn auf allen Gesichtern war eine deutliche Erleichterung zu erkennen. Obwohl Tante Lea ihre Diagnose gelassen zu nehmen schien, war sie ein Stressfaktor gewesen, der über uns allen hing, während wir uns Sorgen machten und hofften, dass es ihr gut gehen würde.

Nach diesem emotionalen Moment verlief das Abendessen wie üblich, wenn so viele von uns zusammen waren. Wir mussten einige zusätzliche Stühle heranziehen, um alle an den großen Tisch am Fenster zu bekommen, aber schon bald saßen wir alle mit einem Stapel frisch geschnittenen Brotes in der Mitte des Tisches, Hummer-Bisque und einem Meeresfrüchte-Auflauf.

Es war reiner Zufall, dass ich neben Liam saß, obwohl es mich nicht überrascht hätte zu erfahren, dass alle anderen am Tisch sich verschworen hatten, um sicherzustellen, dass wir nebeneinander saßen. Es machte mir nichts aus. Er zwinkerte mir zu, als er mir das Brot reichte. Das Gespräch verlagerte sich schließlich auf das erwartete Thema, was mit dem Leuchtturm zu tun sei.

Penelope begann: »Ich bin heute bei Nathan vorbeigegangen. Wir können einfach nicht herausfinden, wie wir den Leuchtturm zum Laufen bringen können. Während ich dort war, kamen zwei Männer von der Küstenwache vorbei und sagten, sie glaubten an Sabotage. Daniel ist Teil der Untersuchung, aber die Küstenwache übernimmt die Untersuchung des Leuchtturms. Der Leuchtturm muss funktionieren. Trotz aller modernen Annehmlichkeiten wird erwartet, dass Leuchttürme funktionieren und als Backup dienen, wenn elektronische Navigationssysteme ausfallen. Laut Küstenwache fielen in der Nacht des Schiffbruchs die GPS- und alle Kompassgeräte auf dem Boot, das verunglückte, aus. Jemand wollte, dass dieses Boot verunglückt, und sie wollten nicht, dass der Leuchtturm funktioniert. Nichts davon ergibt Sinn, denn ich glaube nicht, dass man Magie sabotieren kann. Aber dann erzählte mir Nathan davon, wie er im Schrank eingesperrt wurde ...« Penelope machte eine Pause und seufzte, schüttelte den Kopf, bevor sie einen Bissen ihrer Hummer-Bisque nahm.

Meine Mutter meldete sich an dieser Stelle zu Wort. »Ich denke, es war eine Kombination von Dingen. Wie viel Zeit haben wir?«

»Wofür?«, fragte meine Cousine Emma.

»Wie lange wird es dauern, all die elektrischen Arbeiten zu reparieren, die durchgebrannt sind? Denn ich schätze, das ist ungefähr die Zeit, die wir haben, um den Zauber wieder auf den Leuchtturm zu legen.«

»Wahrscheinlich gut eine Woche oder mehr. Das ist ein großes Gebäude, und Lea hat dafür gesorgt, dass alles durchgebrannt ist. Es ist eine Menge Elektroarbeit, einschließlich des Aufschneidens einiger Wände«, bot mein Vater an.

»Ist es notwendig, dass der Leuchtturm mit Magie betrieben wird?«, piepste Delia.

Jacob antwortete: »Es wäre sicherlich am besten. Er ist viel genauer als die moderne Art, Dinge zu tun. Er funktioniert selbst bei einem schlimmen Sturm und wenn alles andere ausfällt.«

»Oh. Du meinst, die normalen Leuchttürme mit Elektrizität funktionieren nicht während Stürmen?«, fragte Delia.

Onkel Jacob schüttelte den Kopf. »Leuchttürme haben Notstromaggregate für Stürme, aber der Zauber ist wirksam, egal was passiert, und das seit Jahrhunderten. Er hat sogar gehalten, als Verbesserungen am Leuchtturm vorgenommen wurden.«

Liam lehnte sich in seinem Stuhl zurück und legte seinen Arm über meine Schultern. Das Gespräch ging weiter mit einigen Fragen über die drei Personen, die in jener Nacht auf dem Boot verschwunden waren.

»Was weißt du über Amy Lévesque?«, fragte Penelope und blickte zu meiner Mutter.

»Nur weil ich denselben Mädchennamen habe, heißt das nicht, dass ich viel über sie weiß. Sie ist eine sehr entfernte Cousine. So entfernt, dass ich ihr nie begegnet bin«, antwortete meine Mutter.

»Ist sie aus Charm Cove?«, fragte Celia.

Die Zwillinge waren endlos neugierig. Ich hoffte nur, dass wir ihre Neugier auf ein Minimum beschränken könnten.

Liam sprach, sich in seinem Stuhl nach vorne lehnend. »Laut meiner Mutter ist sie erst vor ein paar Monaten hierher gezogen. Davor lebte sie im Norden von Maine.«

»Aber wir wissen, dass sie eine Hexe ist?«, fragte ich.

Tante Lea antwortete: »Oh ja. Sie ist definitiv eine Hexe, und Jared Booth ist ein Hexer. Er kommt aus Salem, Massachusetts. Seine Familie ist nie weggezogen.«

»Und was wissen wir über Clint Owens?«, fragte Emma.

Ich blickte zu Liam, weil ich wusste, dass er bei seiner Mutter nachgefragt hatte. Sie wusste alles über Familiengenealogien in diesem Teil des Landes.

Er zuckte mit den Schultern. »Mom weiß nicht viel, außer dass er aus Brunswick ist und Elektriker.«

»Es gibt definitiv einige Hexenfamilien in Brunswick«, fügte meine Mutter hinzu.

Später am Abend gingen Liam und ich zusammen zurück zu meinem Kutschenhaus. Seine Hand umschloss meine, sein Griff war stark und warm in der kühlen Nacht. Unser Atem bildete Nebelwolken in der Luft, und unsere Schritte knirschten durch die dünne Schnee-schicht über den Blättern auf dem Boden.

Als wir durch die Tür gingen, erwartete ich, dass mein Kater Ghost auf meine Schulter und auf den Boden springen würde. Das war seine bevorzugte Art, mich zu begrüßen. An der Wand über der Tür war ein Regal montiert – Gott allein wusste, warum es überhaupt da war – und er machte dort oft ein Nickerchen.

Aber kein Ghost. Ich blickte zu Liam und überlegte laut: »Ich frage mich, wo Ghost ist. Er mag die Kälte nicht besonders.«

Liam zuckte einfach mit den Schultern und ging zum Kamin, um ein Feuer anzuzünden. Währenddessen ging ich auf die hintere Terrasse und rief Ghosts Namen in die stille, kalte Nacht.

»Ghost! Ghost!«

Ich pfiff, nachdem ich keine Antwort erhalten hatte.

Als ich dort stand und in die Dunkelheit starrte, sah ich seine Gestalt im weichen Schein des Lichts auf der hinteren Terrasse auftauchen. Es sah aus, als käme er von der Klippe hinter dem Haus. Er war fast jeden Abend dorthin gegangen, seit dem Schiffbruch. Das an sich war ein weiteres Rätsel.

KAPITEL FÜNF

Am nächsten Morgen musste ich den Schnee von meinen Stiefeln klopfen, bevor ich Magic Beans betrat. Charm Cove hatte letzte Nacht wieder eine leichte Schneedecke abbekommen, und wir waren zu einer zuckerbepuderten Landschaft aufgewacht, mit tief hängenden Wolken und einer Sonne, die kaum durchdrang.

Ich traf mich heute hier mit Zoe. Zoe war eine meiner besten Freundinnen und praktischerweise mit Daniel verheiratet, dem Polizeichef der Stadt. Ich hoffte, dass sie von Daniel mehr Informationen über die verschiedenen Ereignisse im Zusammenhang mit dem Schiffswrack haben könnte. Der Vorfall mit Nathan beschäftigte mich nach wie vor.

Seit seiner ungeplanten Nacht im Schrank schien er völlig in Ordnung zu sein. Trotzdem wirkte es wie ein ziemlich menschliches Verbrechen, ihn niederzuschlagen und in einen Schrank zu schieben. Nicht, dass Hexen keine Menschen wären. Wir waren einfach nur verbessert.

Sarahs warmes Lächeln begrüßte mich hinter der Theke. Sie bereitete schnell meinen Kaffee zu und reichte ihn mir mit einem Blaubeer-Scone. Ich schnappte mir einen Tisch in der Ecke, um auf Zoe zu warten. Ich musste nicht lange warten, da sie die nächste Person war, die durch die Tür kam, wobei die fröhliche Glocke darüber ihre Ankunft ankündigte.

Sie winkte mir zu, strich sich die lockigen Haare aus dem Gesicht und eilte zur Theke. Nach wenigen Minuten ließ sie sich mit einem Kaffee und ihrem eigenen Blaubeer-Scone auf den Stuhl mir gegenüber sinken. Sie umschloss die warme Tasse mit ihren Händen und seufzte glücklich. »Ich habe vergessen, mein Auto aufzuwärmen, bevor ich losgefahren bin, also wurde die Heizung gerade erst warm, als ich hier ankam. Meine Hände sind eiskalt.«

Ich nahm einen Bissen von meinem Scone und lächelte. Nachdem ich fertig gekaut hatte, bemerkte ich: »Es wäre okay gewesen, wenn du zu spät gekommen wärst. Wir treffen uns ja nur auf einen Kaffee.«

Zoe zuckte mit den Schultern, ihre braunen Augen kräuselten sich in den Augenwinkeln. »Na ja, ich weiß, dass du im Laden sein musst, also versuche ich, pünktlich zu sein.«

»Ich schätze das, aber es ist nicht das Ende der Welt. Ich trinke einfach gerne Kaffee mit dir. Also, gibt es Neuigkeiten von Daniel?«, fragte ich und kam direkt auf den Punkt.

Zoe nahm einen Schluck von ihrem Kaffee und zuckte mit den Schultern. »Nicht wirklich. Ich glaube nicht, dass er mehr weiß als du.«

»Hat Daniel etwas über die drei Personen erwähnt, die 'wieder aufgetaucht' sind, nachdem sie am Strand versteckt waren?«, fragte ich und benutzte Anführungszeichen in der Luft.

»Er hält sich darüber bedeckt, aber ich kann dir sagen, was ich weiß. Amy Lévesque ist mit Rachel Ouellette befreundet. Du kennst doch die Familie, der all das Holzland gehört?«

»Oh. Hm? Was hat das mit allem zu tun?«

»Nun, ich bin Rachel im Laden über den Weg gelaufen, und sie hat mir erzählt, dass Amys Freund Clint ein Elektriker ist, der für die Firma arbeitet, die für die Reparaturen am Leuchtturm beauftragt wurde. Das ist eine Menge Geld für Reparaturen, also habe ich es Daniel gegenüber erwähnt. Mal sehen, ob er dem nachgeht. Nicht, dass er mich darüber informieren würde«, fügte sie mit einem Augenrollen hinzu.

Zoe versuchte ständig, Daniel dazu zu bringen, sie über Polizeiangelegenheiten mit Hexen auf dem Laufenden zu halten, während Daniel immer versuchte, Grenzen zu ziehen.

»Glaubst du wirklich, dass Amys Freund etwas damit zu tun hat?«

»Nun, er wird Tausende und Abertausende von Dollar bekommen, um den gesamten Leuchtturm neu zu verkabeln.«

Ich nahm einen Schluck Kaffee und dachte über ihre Bemerkung nach. »Aber wie hätten sie das wissen können, wenn sie wussten, dass der Leuchtturm mit Magie betrieben wird?«

Zoe zuckte mit den Schultern. »Ich weiß es nicht.«

»Außerdem, haben sie den Schiffbruch geplant?«, fragte ich, und meine Skepsis nahm zu. »Das erscheint ein bisschen weit hergeholt.«

»Nun, wenn die ganze Sache geplant war, dann war es vielleicht gar nicht so ein großes Ding. Ich weiß nicht, nur etwas zum Nachdenken. Denn ich würde wetten, dass die Firma, für die er arbeitet, den Auftrag für die Reparatur des Leuchtturms von Beacon's Charm bekommen wird.«

Ich grübelte darüber nach, während wir unseren Kaffee austranken. »Willst du dich später in Enchanted Spirits treffen?«, fragte ich, als ich vom Tisch aufstand.

Zoe begleitete mich nach draußen. »Klar. Vielleicht kann ich Daniel sogar überreden, nach der Arbeit auf ein Getränk vorbei-zukommen.«

Sie gab mir draußen vor Magic Beans einen Kuss auf die Wange und machte sich dann auf den Weg zu ihrem Auto, während ich den Grünstreifen überquerte, um Persnickety Potions & Gifts zu öffnen. Ich liebte die frühen Wintermorgen, wenn es sich anfühlte, als würde die Stadt selbst aufwachen. In den Geschäften gingen die Lichter an, und die Sonne stieg über den Horizont, ihre Strahlen glitzerten auf der funkelnden, mit Raureif bedeckten Landschaft.

Trotz der kühlen Luft war ich nicht überrascht, als ich Beatrice Powers mit ihrer Power-Walking-Gruppe über den Grünstreifen sausen sah. Ihre Anzahl sank im Winter, aber einige Unentwegte machten das ganze Jahr über weiter. An der Spitze stand natürlich Beatrice selbst. Sie winkte, als sie an mir vorbeiging, und rief: »Ich komme später in den Laden, um dich zu besuchen.«

Ich winkte zurück und überquerte die Straße. Mit einem Schwung

meines Handgelenks löste ich den Schutzzauber an der Vordertür und
ließ mich ein. Ich bereitete den Laden für die Kunden vor, drehte das
Schild auf 'offen', schaltete den Computer ein und richtete die Feier-
tagsdekorationen ein.

Nach wenigen Minuten klingelte die Glocke über der Tür, und
Kunden begannen, durch den Laden zu schlendern. Ich war erleichtert,
als am Vormittag mit der Post eine Lieferung von Schmuck von einem
der Juweliere eintraf, mit denen wir in Portland häufig zusammenarbeiteten. Wir brauchten dringend Nachschub an Charmarmbändern und -
ringen.

Ich sortierte sie schnell, ordnete sie in der Vitrine an und belegte
jedes Stück mit Zaubersprüchen. Unsere Charmarmbänder und
Zauberringe waren wirklich verzaubert. Natürlich waren die Zauber
gutartig in dem Sinne, dass es sich um leichte Berührungen handelte,
die die Stimmung des Trägers aufhellen sollten. Aber dennoch machten
die Zaubersprüche unsere Armbänder und Ringe beliebt, auch wenn
die meisten Menschen keine Ahnung hatten, warum sie sie so sehr
mochten.

Gegen Mittag gab es eine Flaute im Kundenstrom, weil alle auswär-
tigen Käufer eine Pause eingelegt hatten, um Mittag zu essen. Praktischerweise kam Beatrice Powers gerade zu dieser Zeit vorbei. Sie hatte
ihr Walking-Outfit aus enganliegenden Fleece-Leggings und einer
Jacke gegen einen warmen Wollmantel und Jeans mit geschnürten
Lederstiefeln getauscht. Mit ihren kurzen silbernen Haaren und
funkelnden braunen Augen war Beatrice immer eine Freude beim Plaudern. Sie war dünn wie ein Windhund und vibrierte tendenziell vor
Energie, selbst wenn sie nicht mit Warpgeschwindigkeit ging.

»Hallo, Moira«, rief sie, als sie sich der Theke näherte.

Ein paar Kunden stöberten in der hinteren Ecke, aber ich hatte
mich bereits bei ihnen gemeldet, also konnte ich mich ihr zuwenden.
»Hallo, Beatrice, was kann ich heute für dich tun?«

Sie blieb vor der Theke stehen und legte ihre Hände auf die Glasoberfläche. Unsere Theke diente gleichzeitig als Vitrine. Sie blickte
hinunter und tippte mit einem glänzend roten Fingernagel auf einen
Zauberring mit einem Amethyst in der Mitte. »Das ist es, was ich
brauche. Das«, sagte sie bestimmt. »Es ist für meine Tochter. Wenn es

dir nichts ausmacht, lass mich wissen, womit er verzaubert ist, denn ich werde es verstärken.«

Beatrice war auch eine Hexe und stammte von einer alten Hexenfamilie ab. Sie hatte in die Familie Powers eingeheiratet. Wie die Wickeds und die Goods waren ihre Familie und die Powers Jahre vor den Hexenprozessen von Salem geflohen, als die Bedrohung auf Flüstern und Geheimnissen durch die Gegend trieb. Die Powers kamen nicht lange nach den Gründungsfamilien in Charm Cove an, und sie hatte in die Familie eingeheiratet. Ihr Mann war gestorben, und ihre Tochter lebte ein paar Städte weiter mit dem Mann, den sie nach dem College geheiratet hatte.

Beatrice galt einst als eine der mächtigsten Hexen in Charm Cove, und ich wettete, dass sie es immer noch war. Allerdings war sie nicht mehr sehr aktiv in der Gemeinschaft, und sie hielt sich zurück. Sie lebte im ursprünglichen Haus ihrer Familie am Stadtgrün, führte ihre Power-Walking-Gruppe an und mischte sich nur gelegentlich in die Hexenwelt ein.

Trotz ihres niedrigen Profils hatte ich erfahren, dass sie stets ein offenes Ohr hatte und immer wusste, was vor sich ging.

»Du kannst ihn verzaubern, wie du möchtest, Beatrice. Der einzige Zauber, den wir hinzugefügt haben, war die Stimmung zu heben. Das ist alles, was wir je tun.«

»Keine Liebeszauber?«, fragte sie mit einem verschmitzten Grinsen.

»Absolut nicht«, erwiderte ich mit einem Lachen.

»Deine Tante Lea hatte nichts dagegen.«

Zum ersten Mal überhaupt spürte ich, dass Beatrice auf etwas über Liam und mich anspielte. Ich zweifelte keine Sekunde daran, dass sie über den Klatsch über uns Bescheid wusste – wie irgendjemand in Charm Cove ihn übersehen konnte, war mir schleierhaft –, aber sie hielt sich mit ihren Meinungen zurück.

Ich lächelte nur und zuckte mit den Schultern. »Bist du sicher, dass es dieser sein soll?«

Auf ihr Nicken hin nahm ich den Ring aus der Vitrine und holte eine Schachtel dafür. »Brauchst du ihn eingepackt?«, fragte ich über meine Schulter, bevor ich nach hinten ging.

»Ja, bitte.«

Ich nahm eine Schachtel und eines der vorbereiteten Geschenkpapiere und Schleifen, die die Zwillinge neulich vorbereitet hatten, bevor ich zurück zur Theke ging. Während ich den Zauberring einpackte, blickte ich zu Beatrice. »Was hast du über den Leuchtturm und die drei Personen gehört, die durch den Tarnzauber am Strand versteckt waren?«

Beatrice trommelte mit den Fingern auf die Theke und betrachtete mich nachdenklich. »Eigentlich nicht sehr viel. Und das bereitet mir Sorgen. Ich denke, das war eine Arbeit von außerhalb der Stadt.«

Ich faltete die Kanten des Geschenkpapiers und dachte über ihre Bemerkung nach. »Das kann ich nachvollziehen«, antwortete ich, während ich eine Schleife um die kleine Schachtel band. »Aber wer hätte außerhalb von Charm Cove genug Macht, um den Zauber auf dem Leuchtturm zu brechen? Ich meine, seien wir ehrlich, nicht einmal alte Familien aus Salem haben heutzutage diese Art von Macht.«

Beatrice schwieg einen Moment. »Ich weiß. Das ist es, was mich beunruhigt. Denn du hast Recht. Ich kenne nicht viele Familien, die so viel Macht haben, sicherlich nur sehr wenige. Vielleicht einige hier und vielleicht einige aus Europa. Egal, was wir denken, keiner der Leute auf diesem Boot hatte genug Macht. Wir haben in der Stadt auch kein Wort von ihnen gehört. Einer ist eine Hexe, der andere ein Hexer, aber die dritte Person ist nur ein Mann. Wenn ich es richtig verstehe, waren sie am Strand und für euch alle völlig unsichtbar. Ein paar Stunden später tauchten sie auf der Polizeiwache auf. Wenn dieser Mann bei ihnen nicht gewusst hätte, dass sie potenziell Macht haben, hätte er wohl ein bisschen durchgedreht sein müssen.«

»Nichts davon ergibt Sinn«, fügte ich hinzu. »Zoe fragt sich, ob es etwas mit den Elektroarbeiten am Leuchtturm zu tun hat. Anscheinend ist Amy Lévesque mit Clint Owen zusammen, der für den Auftragnehmer arbeitet, der für den Leuchtturmauftrag bietet. Ich weiß nicht, ob ich diese Theorie kaufe. Wie hätten sie wissen können, dass jemand die Elektrik auf diesem Leuchtturm zerstören würde? Es ist ein großer Auftrag, aber es scheint absurd, dass sie das im Voraus hätten wissen können.«

Ich steckte die verpackte Schachtel in eine unserer Feiertagspapiertüten, reichte sie Beatrice und rechnete ab. Beatrice nickte und verzog seufzend den Mund. »Ich stimme zu; es ergibt nicht wirklich Sinn. Aber auf dem Radar taucht nichts anderes auf, und ich passe auf, Liebes.«

»Ich weiß, dass du das tust. Wenn es jemand von außerhalb der Stadt ist, was könnten sie sonst gewollt haben? Denn der Elektrikauftrag ist lokal.«

»Es hat etwas mit dem Leuchtturm zu tun. Das ist sicher. Wir müssen nur herausfinden, wer davon profitiert, dass dieser Zauber gebrochen wurde. Ob wir einen weiteren Leuchtturmzauber wirken oder nicht, wir können ihn neu verkabeln, damit er funktioniert. Es ist also ein Rätsel, warum jemand den Zauber brechen wollen würde«, sinnierte Beatrice.

»Was weißt du über diese drei Personen?«, fragte ich.

Beatrice hielt inne und legte den Kopf schief. »Nun, sie sind jung. Amy und ihr Freund sind jünger als du. Der Chef ihres Freundes wird einen hübschen Penny für diesen Job bekommen, aber das ist alles, was ich weiß. Der Hexer bei ihnen war Jared Booth. Ich habe seit Jahren nicht viel über seine Familie gehört. Sie haben alle die Hexenprozesse von Salem überlebt und es geschafft, die Stadt davon zu überzeugen, dass sie nicht daran beteiligt waren. Nach Liams Mutter hat einer ihrer Verwandten gegen eine der Hexen ausgesagt, die hingerichtet wurde. Ob sie weiterhin Magie praktiziert haben, ist eine gute Frage. Was den Mann bei ihnen betrifft, weiß ich so gut wie nichts über ihn, außer dass er Amys Freund und Elektriker ist. Er hat keine Kräfte. Man sollte meinen, der Tarnzauber hätte ihn erschreckt«, sagte sie mit einem scharfen Kopfschütteln.

»Wer auch immer Nathan niedergeschlagen hat, war wahrscheinlich keine Hexe. Sonst wären sie subtiler gewesen.«

»Es sei denn, sie versuchen, uns von der Fährte abzubringen«, fügte Beatrice hinzu.

»Daran habe ich auch gedacht«, sagte ich mit einem Seufzen.

»Nun, ich habe Amys Tante zum Tee eingeladen. Sie ist eine alte Freundin. Ich werde sehen, was ich herausfinden kann«, sagte sie, während sie ihre Kreditkarte herüberreichte.

»Mach das«, sagte ich, als ein anderer Kunde zur Theke kam.

Beatrice ließ sich nichts anmerken, steckte ihre Kreditkarte schnell wieder in ihre Handtasche, nachdem ich sie gescannt und ihr den Beleg ausgehändigt hatte. »Bis später, Liebes«, sagte sie, als sie sich abwandte.

Der Rest des Nachmittags verging wie im Flug. Ich war zu beschäftigt, um überhaupt viel nachzudenken, und ich atmete erleichtert auf, als die Zwillinge nach der Schule ankamen. Wir verdienten zwar Geld wie verrückt, aber ich brauchte mehr Hände an Deck.

Nachdem der Laden geschlossen hatte, machte ich eine schnelle Kontrolle. Am Ende des Tages war es ruhig und friedlich und fühlte sich wie mein kleines Reich an. Ich lachte in mich hinein, als ich den Schutzzauber auf die Hintertür legte. Wer hätte vor einem Jahr gedacht, dass ich glücklich sein würde, wieder hier zu sein?

Ich sicher nicht. Aber dann war ich in New York gewesen und hatte versucht, ein hexenfreies Leben zu führen und mein wahres Ich zu verbergen. Es war ein kompletter Fehlschlag gewesen. Ich hatte mein Zuhause vermisst, und es war schwer gewesen zu verbergen, wer ich war. Außerdem hatte ich immer diesen nagenden Zweifel im Hinterkopf wegen Liam. Ich hatte ihn schmerzlich vermisst, obwohl ich nicht wusste, dass er bereits geschieden war. Seine Ehe war recht kurzlebig gewesen.

Nachdem ich vorne alles überprüft hatte, verließ ich den Laden durch den Haupteingang. Mit einem Schwung meines Handgelenks legte ich einen Schutzzauber auf die Tür und ließ meine Schlüssel in meine Handtasche gleiten, bevor ich über den Grünstreifen zu Enchanted Spirits ging.

KAPITEL SECHS

Tief in die Ecke der Sitzbank gedrückt, presste sich Liam gegen mich. Was mir übrigens nichts ausmachte. Kein bisschen. Der Mann bestand nur aus Muskeln und er war warm. Meine Jacke war heute zu dünn für das Wetter. Der Winter hatte die Luft endlich zwischen seine Zähne bekommen und ließ nicht mehr los. Auf dem kurzen Weg hierher war mir kalt geworden.

Kaum war ich angekommen, betrat Liam hinter mir zusammen mit Nathan, Zoe, Daniel und meiner Cousine Emma das Lokal. Wir ergatterten die einzige noch freie Nische, die allerdings nicht ganz groß genug für uns alle war. Daniel trug keine Uniform, was eine Erleichterung war. Nathan hob den Arm und erregte die Aufmerksamkeit einer Kellnerin. Sie hielt am Tisch an, und er schenkte ihr ein flirtendes Grinsen.

»Wir nehmen einen Krug Bier, bitte«, sagte Nathan.

»Kommt sofort, Schätzchen. Sonst noch was?«, fragte die Kellnerin, während ihr Blick um den Tisch schweifte.

»Das sollte fürs Erste reichen. Wissen wir, was wir sonst noch bestellen wollen?«, fragte Zoe und schaute schnell in die Runde.

»Ich nehme Fish and Chips«, bot ich an.

Danach fielen die Dominosteine, und alle plapperten schnell ihre

Bestellungen heraus. Es war am besten, hier so früh wie möglich zu bestellen, sonst konnte man eine Weile warten müssen. Die Kellnerin notierte die Bestellungen und eilte dann davon.

Nathan wartete nicht lange und schwenkte seinen Blick direkt zu Daniel. »Also, was gibt's Neues?«

Daniel lachte und zuckte mit den Schultern. »Ich hab Feierabend, Mann. Außerdem weißt du, dass ich Geschäft und Vergnügen nicht gerne mische.«

Zoe verdrehte die Augen und stupste ihn mit dem Ellbogen an. Sie waren ein gut passendes Paar und hatten schon in der Highschool miteinander angebandelt, bevor sie heirateten. Zoes braune Locken und Augen passten zu Daniels Färbung, obwohl sein dunkles Haar glatt war.

Nathan lehnte sich zurück und legte seine Hand locker auf den Tisch. »Ich war diesmal tatsächlich ein Opfer, sonst würde ich dich nicht fragen. Jemand hat mich auf den Kopf geschlagen und in einen verdammten Schrank gesperrt. Das Mindeste, was du tun könntest, ist, mir einen Überblick zu geben.«

Daniel zuckte mit den Schultern. »Ich wünschte, ich hätte mehr Neuigkeiten für dich. Bei diesem Fall stehe ich vor einem Rätsel. Schade, dass du bewusstlos warst, denn du wärst der einzige Zeuge, den wir bisher haben.«

Nathan fuhr sich mit der Hand durch die Haare. »Schon gut. Ich wünschte nur, wir hätten irgendeinen Anhaltspunkt.«

Daniel ließ seinen Blick um den Tisch schweifen. »Kommt ruhig auf der Wache vorbei, wenn ihr irgendwelche Hinweise habt. Unsere drei Bootspassagiere, die verschwunden sind, scheinen nicht viel zu wissen. Oder sie behaupten zumindest, verdammt noch mal nichts zu wissen.«

Nathan seufzte tief und schüttelte den Kopf. »Nun, glaubst du, sie wissen etwas, oder sind sie genauso ahnungslos wie wir alle?«

Daniel zuckte mit den Schultern. »Ich bin mir nicht sicher. Ich lasse die Dinge erstmal ruhen, um zu sehen, welchen Staub wir aufwirbeln können. Aber wenn ihr nichts dagegen habt, entspannen wir uns jetzt.«

Zoe meldete sich zu Wort: »Ich habe ihm versprochen, dass wir einfach nur abhängen werden.«

Das Gespräch ging weiter, zumindest an unserem Tisch. Das hinderte einige Einheimische nicht daran, am Tisch anzuhalten, um Daniel zu fragen, was er wusste. Ein Schiffswrack an der Küste von Charm Cove und ein kaputtes Licht am Leuchtturm von Beacon's Charm waren auf jeden Fall Neuigkeiten.

Obwohl Daniel es nie direkt aussprach, vermutete ich, dass er auf Zoes Einladung hin mitgekommen war, für den Fall, dass er Gerüchte aufschnappen würde.

———

Später am Abend lehnte ich an Liams Schulter auf der Couch, während wir fernsahen und ein Feuer im Kamin flackerte. Ghost hatte sich in der gegenüberliegenden Ecke der Couch zusammengerollt und schnurrte laut genug, um im ganzen Raum gehört zu werden.

»Opal ist neulich im Büro vorbeigekommen«, sagte Liam, seine Stimme ein Grummeln an meinem Ohr.

Ich lehnte mich zurück, um zu ihm aufzuschauen. »Ach ja?«

Unter anderem arbeitete Liam in der Investmentfirma seiner Familie und betreute Konten online. Er nickte, während seine Finger durch meine Haarspitzen strichen.

»Ja, sie hat die Ringe vorbeigebracht.«

Ein kleiner Anflug von Angst wirbelte in meinem Bauch. »Die Ringe?«

Liam rutschte hin und her und lehnte sich zurück, als ich mich aufrichtete, seine Augen suchten in meinem Gesicht. »Keine Panik. Laut ihr war sie dafür verantwortlich, die beiden Ringe zu schützen, die wir nach unserer Verlobung tragen sollen. Sie hat sie vorbeigebracht, weil sie meint, es sei an der Zeit, dass ich sie aufbewahre.«

Seine Worte waren ruhig und gleichmäßig, aber mein Herz begann in meiner Brust zu pochen. Intellektuell wusste ich, dass er mich nicht unter Druck setzte, aber ich wusste trotzdem nicht, was ich davon halten sollte. Niemand in unserer Familie hatte mir gegenüber diesen Teil unseres Schicksals erwähnt. Ich meine, ich hatte erwartet, dass wir

Ringe tragen würden, weil das alle tun, aber ich hatte keine Ahnung, dass *besondere* Ringe damit verbunden waren.

»Ich habe vorher noch nie etwas von diesen Ringen gehört. Du?«

Er schüttelte den Kopf. »Nein. Ich dachte, ich sollte es erwähnen, damit du nicht in Panik gerätst, falls jemand anders es dir gegenüber erwähnt.«

»Hat sie noch etwas anderes gesagt?«

Er schüttelte wieder den Kopf. »Entspann dich, Moira. Entspann dich einfach«, sagte er in beruhigendem Ton.

Irgendwie kam er mit dem Druck unserer Familien viel besser zurecht als ich. Ich zweifelte nicht an meinen Gefühlen für ihn – nicht im Geringsten –, aber ich konnte mit dem kollektiven Gewicht der Erwartungen unserer Familien nicht gut umgehen.

Ich holte tief Luft und ließ sie mit einem zittrigen Seufzer wieder heraus. »Ich bin froh, dass ich zu Hause bin, und ich bin froh, dass ich mit dir zusammen bin, aber Gott, ich wünschte, unsere Familien würden manchmal lockerlassen.«

»Ich weiß. Ignorier es einfach«, murmelte er. Er senkte den Kopf und fing meine Lippen in einem Kuss ein.

Nichts ging jemals schnell, wenn es um das Küssen von Liam Good ging. Wicked und Good passten ziemlich gut zusammen.

KAPITEL SIEBEN

»Moira!«, rief Opal, als sie durch die Tür des Ladens hereingestürmt kam, begleitet von einer Böe eisigen Windes und wirbelndem Schnee.

Heute war es kalt und grau, und immer wieder drohte Schnee zu fallen, der vom Wind in Kreisen gewirbelt wurde. Der Wind blies vom Atlantik herein, und draußen lag der Duft von Holzrauch in der Luft. Ein echter Schneesturm würde bald kommen. Ich konnte es einfach spüren. Vielleicht nicht heute, aber definitiv sehr bald.

Opal trug einen dunkelroten Wollmantel. Trotz der Kälte verzichtete sie auf eine Mütze. Sie war immer sehr gepflegt, und heute war keine Ausnahme. Mit ihrem silbernen Haar, in dem noch dunkle Strähnen zu sehen waren und das zu einem Knoten gedreht war, ihrer roten Brille, die zu ihrem Mantel passte, trug sie einen langen schwarzen Wollrock und Stiefel. Obwohl der Wind sie wahrscheinlich über den Dorfplatz zu meinem Geschäft geweht hatte, war kaum ein Haar aus der Frisur geraten.

Ihre scharfen blauen Augen wanderten durch meinen Laden, zweifellos die Anzahl der Kunden zählend. Opal führte den Laden der Familie Good, Beauty Bewitched, aber sie waren keine direkte Konkurrenz für uns. Tatsächlich ergänzten sich unsere Geschäfte. Die beiden Läden waren vor Jahrhunderten gegründet worden – lange bevor die Fehde zwischen unseren Familien entstand, die ein Jahrhundert andauerte und in genau dem Zauber resultierte, der bestimmte, dass ich Liam heiraten würde.

Meine Gedanken schweiften zurück zu gestern Abend und den Ringen, die Liam erwähnt hatte. Ich verscheuchte diesen Gedanken schnell wieder. Obwohl ich sicher war, dass Opal mir mehr Informationen über die Ringe geben könnte, war ich nicht wirklich in der Stimmung dafür.

Nicht mit einem Laden voller Kunden und genug zu tun, um nicht über mein angebliches Schicksal nachzudenken. Nicht dass mein Schicksal etwas Schlechtes wäre. Ich war ziemlich sicher, dass ich in Liam verliebt war, dennoch kannte ich niemanden, der es genoss, wenn die gesamte Familie diktierte, was man tun sollte und wann, jedenfalls nicht ich.

Bevor Opal mich erreichte, kam eine Kundin zur Theke. Opal beschäftigte sich damit, eine Auslage mit dekorativen Weihnachtsschmuck zu ordnen, während ich der Frau half, ein Bettelarmband als Weihnachtsgeschenk für ihre Tochter auszusuchen. Nachdem ich noch einige weitere Kunden bedient hatte, hatte ich endlich einen Moment, um mit Opal zu sprechen. Sie war nichts wenn nicht höflich und wartete geduldig, bis es eine Pause im Geschehen gab.

Mit einem weiteren Blick durch den Raum stellte sie fest, wie auch ich, dass die verbliebenen Kunden beschäftigt waren. Sie lehnte ihre Hüfte gegen die Theke und trommelte mit ihren durchsichtigen Fingernägeln auf dem Glas.

»Nun, Liebes, wir müssen über das Charm Fest sprechen.«

Wie ein Blitz aus heiterem Himmel erinnerte ich mich plötzlich. Die Wickeds und Goods hatten seit einigen Jahrhunderten jedes Jahr eine städtische Feiertagsfeier ausgerichtet. Einige der anderen Gründerfamilien halfen, aber unsere Familien galten als die wahren und einzigen Stadtgründer. Die Bishops waren kurz nach uns hergezogen, zusammen mit den Powers und einigen anderen Familien, doch wir wurden als die Gründer betrachtet, also war es irgendwie unsere Aufgabe, das jedes Jahr zu veranstalten.

Ich hatte diese Verantwortung sicherlich nicht bedacht, als ich den

Laden übernommen hatte. Aber es war kein Scherz, und ich musste in die Gänge kommen, am besten gestern schon. Ich gab mir innerlich einen Ruck und tat so, als hätte ich mich erinnert.

»Oh, richtig. Wir sollten uns treffen. Vielleicht nicht jetzt. Sollen wir im Charm Café zu Abend essen? Sollten wir noch jemanden einladen? Ich habe nicht einmal daran gedacht, Tante Lea zu fragen, wer alles an der Planung beteiligt ist.«

Opal nickte bestimmt. »Wir sollten uns heute Abend im Charm Café zum Essen treffen. Bring Liam aber nicht mit. Er wird keine Hilfe sein, jedenfalls nicht, bis wir entschieden haben, wer was macht.«

Nicht, dass ich erwartet hätte, dass Liam mitkommen wollte, aber sie brachte mich in Rage. »Also helfen die Männer dabei überhaupt nicht?«

Opal hob ihre Schulter in einem eleganten Achselzucken. »Wir planen, und dann sagen wir ihnen, was zu tun ist. Ich bin sicher, Liam wird tun, was immer du willst. Dieser Mann ist völlig hin und weg von dir.« Sie verdrehte leicht die Augen und schnaubte. »Ich hoffe, ihr beide hört auf, um euer Schicksal herumzutanzen.«

Ich ignorierte diesen Teil ihrer Kommentare. Nachdem ich von den Ringen erfahren hatte, hatte ich gestern Nacht darüber nachgedacht. In Anbetracht dessen, dass ich wusste, was ich wollte – ihn – kam mir der Gedanke, dass eine Verlobung vielleicht das Gerede über uns in unseren Familien beruhigen könnte.

Ich beabsichtigte durchaus, Liam zu heiraten. Ich wollte es nur zu meinen eigenen Bedingungen tun.

Ich wandte meine Aufmerksamkeit wieder Opal zu und nickte. »Treffen wir uns um sechs Uhr? Ich schließe um halb sechs, das gibt mir Zeit, hier im Laden abzuschließen und zum Café hinüberzugehen. Soll ich meine Mutter, Lea und Penelope anrufen?«

Ich war nie zu einem dieser Planungstreffen eingeladen worden, aber ich wusste, dass sie alle es gemeinsam machten, weil meine Mutter jedes einzelne Jahr beteiligt war, als ich aufwuchs.

»Natürlich solltest du das. Ich werde Alice und ein paar andere einladen. Beatrice kommt normalerweise auch. In Ordnung, Liebes, wir sehen uns später«, sagte sie und richtete ihren Mantel.

Damit wirbelte sie davon, und eine weitere Böe kalter Luft und einige Schneeflocken wehten durch die Tür, als sie ging.

Der Rest meines Nachmittags war geschäftig, aber ich freute mich auf den Abend. Obwohl ich einen Moment der Beklemmung hatte, als mir klar wurde, dass ich nun einen Teil der Verantwortung für das jährliche Feiertagskunstfest von Charm Cove übernahm, ging es schnell vorüber und verwandelte sich in ein Summen der Vorfreude. Ich konnte es kaum erwarten, mich zum Abendessen zu treffen und mit der Planung zu beginnen. Außerdem würde ich eine weitere Chance haben, mein Ohr am Boden zu halten, um Klatsch über das Schiffswrack und den Leuchtturm aufzuschnappen.

———

Bei leichtem Schneefall zog ich meine Jacke um meine Schultern, während ich schnell über den Dorfplatz ging. Die Weihnachtsbeleuchtung glitzerte durch den Schnee, der leicht im Wind wirbelte, und der Mond stieg in der Ferne über dem Ozean auf. Es war ein lieblicher Winterabend, die Art von Nacht, die zu Gemälden inspirierte. Oder besser noch, zu Fotos auf Postkarten.

Über mich selbst lachend, durchquerte ich den Platz in Richtung Wicked Way. Als ich in die Main Street einbog, funkelten die Feiertagslichter an den Ladenfronten und Häusern durch die Dunkelheit. Charm Cove hatte noch immer altmodische Glaslampen, obwohl sie nicht mehr mit Kerzen beleuchtet wurden. Die Stadt musste mit der Zeit gehen und hatte sie auf Elektrizität umgestellt. Wir mögen zwar für unsere Hexenkünste bekannt sein und praktisch in Geschichte mariniert, aber wir sind stolz darauf, modern zu bleiben.

Das Charm Café befand sich in einem renovierten Haus im Cape-Stil, eines von vielleicht einer Million im Nordosten. Vielleicht übertreibe ich auch. Der Cape-Cod-Stil mit kleinen quadratischen Häusern, meist mit Dachgauben im Obergeschoss, war in ganz Neuengland beliebt und das seit Jahrhunderten. Im klassischen Stil führte die Vordertür in die Mitte mit einer Treppe direkt in der Mitte. Auf der einen Seite befand sich gewöhnlich ein Salon und auf der anderen ein Essbereich. Ein schmaler Flur führte zu einer Küche im hinteren Teil und vielleicht einem Badezimmer. Schlafzimmer und ein Badezimmer waren im Obergeschoss.

Je nachdem, wie alt das Haus war, gab es möglicherweise ein Badezimmer im Erdgeschoss. Wie viele Häuser in der Gegend hatte ein altmodischer Keller darunter Kanäle, die in den Granit gemeißelt waren, damit das Wasser im Frühjahr, wenn alles schmolz, durch den Keller fließen konnte. Meine Familie hatte diese an Ort und Stelle gelassen, wenn auch nur, weil sie außerordentlich praktisch waren. Damals wurde erwartet, dass Keller jeden Frühling Wasser eindringen ließen, aber heutzutage laden Gebäude das Wasser nicht nach innen ein.

Einige dieser alten Cape-Häuser behielten alle ursprünglichen Merkmale, aber viele wurden modernisiert. Einige hatten sogar alte Schieferdächer. Das Haus meiner Familie war eher im Kolonialstil mit den meisten Dingen aktualisiert, einschließlich eines leuchtend roten Daches, das ihm ein fröhliches Aussehen verlieh.

Das Charm Café sah von außen bezaubernd aus. Das alte Haus war in einem sanften Lavendelton neu gestrichen worden. Fröhliche Feiertagslichter waren um die Dächer gewickelt. Durch den Vordereingang führte die Treppe zu dem, was jetzt die Restaurantküche war. Die beiden Haupträume im Erdgeschoss waren in Essbereiche umgewandelt worden, mit einer Bar im hinteren Teil, wo früher die Küche des Hauses gewesen war. Im Sommer bot die Terrasse weitere Sitzplätze zum Essen, zusammen mit einem spektakulären Blick auf den Atlantischen Ozean.

Ich klopfte meine Stiefel an der Schwelle ab, als ich durch die Tür trat. Nachdem ich den Schnee von meiner Jacke geschüttelt hatte, hängte ich sie über meinen Arm, während ich mich umschaute. Meine Mutter und Tante Lea winkten mir aus der hinteren Ecke zu, wo sie einen großen runden Tisch in der Ecke in Beschlag genommen hatten. Ich vermutete, dass sie sogar angerufen hatten, um Reservierungen zu machen, angesichts der Überfüllung des Restaurants. Auf dem Weg dorthin hörte ich Opals Stimme hinter mir und dann Alice, Liams Mutter, die einfiel.

Innerhalb weniger Minuten war der Tisch voll. Um den Tisch herum saßen ich, meine Mutter, Tante Lea, Tante Penelope, Alice und Opal Good sowie Beatrice Powers. Anscheinend hatte niemand aus der Bishop-Familie kurzfristig kommen können, und Opal machte sich Sorgen darüber. Sie nahm ihre Verantwortung ziemlich ernst und schien zu denken, sie hätten wissen müssen, dass sie beabsichtigte, sie an diesem bestimmten Tag zu kontaktieren.

Alice zuckte mit den Schultern als Antwort auf ihre Sorge. »Opal, hör auf herumzuzappeln. Jedes Jahr macht Dottie Bishop das. Wir werden heute Abend den Großteil der Planung erledigen, und dann wird sie einspringen und jede Menge Arbeit leisten, um es wieder gutzumachen.«

Opal und Alice hatten beide in die Familie Good eingeheiratet, waren aber selbst Hexen. Sie zankten sich wie Schwestern, obwohl sie nur Schwägerinnen waren. Das Gleiche könnte man von meiner Mutter, Lea und Penelope sagen.

Ohne ein Wort hob Tante Lea ihre Hand, winkte den Kellner herbei und bestellte zwei Karaffen Rotwein für den Tisch.

»Ihr wisst, dass ich nach Hause fahren muss«, warf ich ein.

Meine Mutter meldete sich zu Wort. »Oh, Schätzchen, ich habe schon Liam angerufen und ihm gesagt, er soll planen, dich abzuholen. Du musst dir gar keine Gedanken ums Fahren machen. Wir haben viel zu planen, und du könntest es genauso gut genießen.«

Erinnerst du dich, was ich über meine Familie gesagt habe, die sich einmischt? Sie dachten nicht einmal zweimal darüber nach, meinen Transport zu arrangieren, ohne vorher mit mir zu sprechen.

Ich fing den Blick meiner Mutter ein und verdrehte die Augen. »Ich nehme an, du denkst, ich sollte dir dafür danken, dass du so anmaßend bist.«

Meine Mutter kicherte, dann stimmten Lea, Penelope und Alice ein. »Liebes, finde dich einfach damit ab.«

Ich hatte keine Lust, den Punkt weiter zu diskutieren. An diesem Punkt brauchte ich etwas Wein. In kürzester Zeit hatten wir Wein, frisches Brot und Butter, und unser Essen war unterwegs. Wir ließen uns für eine solide Planungssitzung nieder.

Am Ende des Abends waren alle Aufgaben verteilt. Dazu gehörte

die Organisation des Essens, das während der zweiwöchigen Feiertagsfeier an allen Standorten in der Innenstadt serviert werden würde, eine
Parade am Weihnachtstag und eine weitere Parade am Neujahrstag.
Da viele der Bewohner in Charm Cove eine Mischung aus französi-
scher und keltischer Abstammung hatten, stellten wir sicher, dass
diese Themen die jährliche Veranstaltung durchzogen. Die Aula der
High School würde das Kunstfest, eine Spendenveranstaltung und die
Choraufführungen beherbergen. Wir hatten eine Menge Arbeit
vor uns.

Ich erinnerte mich, wie sehr ich diese Jahreszeit liebte, als ich
aufwuchs, also war ich tatsächlich ziemlich aufgeregt, auf der
Planungsseite der Dinge zu sein. Wenn es eine Sache gab, die mir
nichts ausmachte, dann war es harte Arbeit. Ich war definitiv ein bisschen angeheitert, als die Planung abgeschlossen war.

Mit Schwung schloss Tante Penelope ihr Tablet, auf dem sie
pflichtbewusst Listen von allem erstellt hatte. »Wir sind alle bereit,
meine Damen. Jetzt müssen wir nur noch die Männer antreiben.«

»Kommen wir zum nächsten Thema, wir haben ein anderes
Problem zu besprechen«, sagte Opal zügig. Obwohl sie ein paar Gläser
Wein getrunken hatte, konnte man es ihr kaum ansehen. Ihr scharfer
Blick verengte sich, als sie den Tisch absuchte. »Wir brauchen einen
Plan, um mit der Küstenwache und dem Amt für Parks und 936Lände-
reien umzugehen. Sie wollen den Beacon's Charm Leuchtturm in zwei
Wochen in Betrieb haben. Unsere Rettung ist, dass die Firma, die wir
für die elektrischen Reparaturen beauftragt haben, erst in zwei
weiteren Wochen anfangen kann. Wir müssen herausfinden, wer hinter
allem steckt und wie wir den Leuchtturmzauber erneut wirken
können.«

Liams Mutter, Alice, die lokale Genealogieexpertin der Stadt,
nickte langsam. »Nun, ich habe recherchiert, wer in jener Nacht am
Strand war. Einer von ihnen ist entfernt mit einer Familie verwandt,
die vor etwa zweihundertfünfzig Jahren versucht hat, das Leuchtturmgrundstück zu kaufen. Es war kurz bevor unsere Familien den Zauber
wirkten, um den Konflikt zwischen uns zu beenden, und die Dinge
waren damals ziemlich unangenehm. Ich vermute, sie dachten, sie
könnten aus dem Konflikt Kapital schlagen. Ich weiß nicht, ob das

irgendetwas bedeutet, aber es hat definitiv meine Aufmerksamkeit erregt.«

Opal trommelte mit ihren Nägeln auf dem Tisch, wie sie es immer tat, wenn sie nachdachte. »Wir müssen weiter graben.«

Beatrice meldete sich zu Wort: »Ich denke, es ist eine Aktion von außerhalb der Stadt. Ich habe das Moira gegenüber bereits erwähnt.«

Tante Lea stützte ihren Ellbogen auf den Tisch und ruhte ihr Kinn in der Hand. »Ich auch. Ich kann mir niemanden in der Stadt vorstellen, der für eine solche Art von Unfug in Frage käme. Vielleicht hat es etwas mit der Küstenwache zu tun? Es ist jetzt Jahre her, aber sie kämpften dafür, Beacon's Charm Leuchtturm als nationales Wahrzeichen zu deklarieren und wollten, dass wir es an die Regierung abtreten. Der einzige Grund, warum sie zurücktraten, war, dass wir freiwillig erlaubten, das Grundstück abzugrenzen und zu schützen, obwohl es rechtlich im Besitz der Wickeds und Goods blieb.«

»Zoe hat sich gefragt, ob es etwas mit dem Geld für die Elektroarbeiten zu tun hat. Ich bin mir nicht so sicher, ob das Sinn macht«, fügte ich hinzu.

»Nun, dieser Auftrag wurde mit über zehntausend Dollar angeboten«, kommentierte meine Mutter. »Und mal ehrlich, abgesehen vom Brechen des Leuchtturmzaubers war es Pfuscharbeit. Völlig unordentlich.«

Mit einem Blick auf meine Mutter fragte ich: »Haben wir eine Ahnung, wer ursprünglich den Zauber für das Licht gewirkt hat?«

Meine Mutter hellte auf. »Oh ja, ich habe es herausgefunden. Er wurde von zwei Hexen gewirkt – einer Wicked und einer Good. Nichts Ungewöhnliches daran, aber sie hatten bei der Vorbereitung Hilfe von einem Hexer aus der Familie Powers. Apropos die Leute auf dem Boot, Jared Booths Familie stammte ursprünglich aus Salem, und später zog ein Zweig der Familie nach Charm Cove. Irgendwann zogen sie weg, oder die meisten von ihnen, denn sie waren seit Jahrhunderten ruhig. Ich bezweifle, dass es ein Zufall ist, dass Jared Booth auf diesem Boot war. Wir müssen herausfinden, was mit ihnen geschah, nachdem sie weggezogen waren.«

»Denkst du, wir können den Zauber wieder aufleben lassen?«, fragte ich.

Beatrice nickte fest. »Natürlich können wir das. Zauber sind nicht familienspezifisch. Wir brauchen nur genug Kraft. Ich helfe gerne.«

Es verstand sich von selbst, dass Beatrice ziemlich mächtig war, ebenso wie ihre Familie. Enkelkinder, Nichten und Neffen behielten alle die Kräfte.

Wir mussten nur den Zauber herausfinden und hatten magere zwei Wochen dafür Zeit. Inmitten dieser verrückten Weihnachtszeit.

KAPITEL ACHT

Am nächsten Tag traf ich Emma zum Kaffee in der Magic Beans. Sie und ich hatten uns angewöhnt, alle paar Tage zusammen Kaffee zu trinken. Ich nippte an meinem Kaffee und knabberte an meinem Scone, während sie ihren Kaffee an der Theke abholte. Nachdem sie mir gegenüber Platz genommen hatte, warf ich ihr einen Blick zu. »Hilfst du jedes Jahr beim Charm Fest?«

Emma nahm einen Schluck Kaffee, bevor sie nickte. »Oh ja. Ich bin ziemlich sicher, es ist gegen das Gesetz, wenn ein Mitglied der Wicked- oder Good-Familie versucht, sich davor zu drücken.«

Ich kicherte. »Scheint so zu sein. Es hat so viel Spaß gemacht, als wir klein waren.«

Emmas blaue Augen leuchteten auf, als sie lächelte. »Stimmt. Es erfordert eine Menge Arbeit, das alles ins Rollen zu bringen, aber es macht immer noch Spaß. Tut mir leid, dass ich gestern Abend nicht zum Essen kommen konnte.«

»Wo warst du eigentlich?«

»Ich war auf einem Date«, sagte sie mit einem langsamen Grinsen.

»Oh, wirklich. Mit wem?«

»Jackson, Jackson Howe«, antwortete sie, ihr Grinsen wurde breiter und ihre Wangen röteten sich ein wenig.

»Okay, du hast uns etwas vorenthalten. Was läuft da mit ihm? Pluspunkt, er ist ein Hexer, also musst du nicht gestresst sein, weil du verheimlichen musst, dass du eine Hexe bist.«

Emma kicherte. »Ich weiß. Nach dem, was mit Joey passiert ist, ist das für mich eine Art Voraussetzung«, erwiderte sie und bezog sich dabei auf den Typen, mit dem sie ausgegangen war und der ausgeflippt war, als sie versehentlich eine Blume wieder zum Leben erweckt hatte.

»Jackson ist ein netter Kerl. Ich habe ihn allerdings seit Jahren nicht gesehen. Ist er weggezogen?«

»Ja, er ist nach dem Studium nach Portland gezogen. Aber er zieht zurück, und du bist die einzige Person, der ich davon erzähle, also halt den Mund«, befahl sie. »Wir hatten nur ein Abendessen, also werden wir sehen, was sich daraus ergibt.«

Ich kicherte. »Klar. Muss schön sein, die Dinge unter Verschluss halten zu können. Dieses Privileg habe ich nicht. Also magst du ihn?«

»Ich glaube schon. Er ist nett und er ist bodenständig. Er ist dem üblichen Drama von Charm Cove ein bisschen entrückt, weil er eine Weile nicht hier war. Keine Sorge, ich bin sicher, dass er zusammen mit dem Rest von uns da hineingezogen wird.«

»Oh, da bin ich mir sicher. Es ist unmöglich, es zu vermeiden, besonders wenn jemand in deiner Familie eine Hexe oder ein Hexer ist.«

»Apropos Dates, wie läuft es mit Liam?«, fragte Emma.

Ich nahm einen langen Schluck Kaffee und beäugte sie. »Es läuft gut.«

»Natürlich tut es das. Er ist schließlich Liam *Good*«, sagte sie mit einem Grinsen.

»Ha-ha. Jedenfalls«, sagte ich und wurde ernst, »wusstest du etwas über die Ringe?«

»Welche Ringe?«

»Liam hat mir erzählt, dass Opal ein Set Ringe mitgebracht hat, die sie für uns aufbewahrt hat. Wir haben nicht viel mehr darüber gesprochen. Ich bin mehr als einverstanden damit, Liam zu heiraten, aber ich möchte, dass es zu meinen Bedingungen geschieht, nicht zu denen unserer kollektiven Familien.«

Emma streckte die Hand über den Tisch und drückte meine Hand kurz. »Ich weiß. Aber zumindest liebst du ihn, und er vergöttert dich regelrecht. Ich würde mich glücklich schätzen, wenn ich jemanden finden könnte, der mich auch nur annähernd so anschaut, wie Liam dich anschaut.«

Ich holte tief Luft und ließ sie mit einem Seufzer wieder entweichen. Die Glocke über der Tür klingelte, und ich blickte hinüber, um eine Gruppe von Touristen eintreten zu sehen. Direkt hinter ihnen kam Clint Owen, der Elektriker, der angeblich Amy Lévesques Freund war und für den Bauunternehmer arbeitete, den sie für die Reparatur des Leuchtturms engagiert hatten. Emma und ich schauten reflexartig in seine Richtung, unsere Blicke trafen sich, als wir uns wieder ansahen.

»Hmm, kennst du ihn?«, fragte Emma.

»Ein bisschen«, antwortete ich mit einem Schulterzucken.

Wir beobachteten, wie er sich einen Kaffee holte, und dann tauchte wie zufällig Nathan auf, der sich beiläufig mit Clint in der Schlange unterhielt. Nachdem Clint das Café verlassen hatte, winkte ich Nathan zu und bedeutete ihm, zu unserem Tisch zu kommen. Er schnappte sich einen Stuhl vom Nachbartisch und zog ihn zu unserem herüber.

»Was gibt's, Mädels?«, fragte er, blitzte ein Grinsen auf und zwinkerte.

Nathan hatte keinen Mangel an dem legendären Charme der Familie Good. Als Liams Cousin hatte er die gleichen pechschwarzen Haare und eisgrauen Augen. Ich bezweifelte, dass irgendjemand bestreiten würde, dass er gutaussehend war, es sei denn, sie wären blind. Selbst dann würde er sie wahrscheinlich mit seinem Charme umgarnen.

»Wie sieht der Zeitplan für die Elektroarbeiten am Leuchtturm aus?«, fragte ich.

»Sieht so aus, als könnten sie nächste Woche anfangen. Muss sagen, es wird ein riesiger Aufwand. Lea hat diese Kabel richtig durchgebraten.«

Emma kicherte. »Oh ja, du kannst dich darauf verlassen, dass meine

Mutter etwas richtig macht, wenn sie sich das vornimmt. Hat jemand irgendwelche Ideen, wer dich am Kopf getroffen und in einen Schrank eingesperrt hat?«

Nathan seufzte und nahm einen Schluck Kaffee. »Nicht wirklich.«

»Ich denke immer noch, dass etwas faul sein könnte mit diesem Elektriker, der auf dem Boot war«, fügte sie hinzu.

Nathan schielte zu ihr hinüber. »Ich glaube nicht. Sein Chef wird das meiste Geld für diesen Job bekommen.«

Ich senkte meine Stimme, als ich sprach. »Nun, Liams Mutter erwähnte, dass der Hexer, der auf dem Boot war, von einer Familie abstammt, die vor etwa zweihundertfünfzig Jahren versucht hat, das Grundstück zu kaufen.«

»Welches Grundstück?«, fragte Nathan.

»Das Leuchtturmgelände«, antwortete ich trocken.

Er lachte laut auf. »Okay, zu offensichtlich und ich hatte noch nicht genug Kaffee.«

»Wirklich?«, fragte Emma und sah mich an.

»Das hat Alice gesagt, und sie hat normalerweise recht. Es ist definitiv eine Spur, der man nachgehen sollte. Wie läuft es mit der Küstenwache und dem Amt für Parks und Ländereien?«

Nathan fuhr sich mit der Hand durch die Haare und nahm einen großen Schluck Kaffee. »Nun, das Warten auf diese Elektroarbeiten ist das Einzige, womit ich sie jetzt noch hinhalten kann. Unsere beste Chance ist, es mit Sensoren einzurichten, wie die anderen auch betrieben werden. Aber die Familien wollen die Magie wieder aktivieren, und ich auch. Wir müssen diesen Zauber wieder in Ordnung bringen.«

»Na ja, wir haben ungefähr zwei Wochen Zeit, um es herauszufinden. Mein Vater wird heute dort draußen sein. Du weißt das, oder?«, fragte Emma.

Nathan nickte. »Oh ja. Er wird sein Ding machen und schauen, ob er herausfinden kann, welcher Zauber genutzt wurde, um den Zauber zu brechen. War er schon am Strand, wo das Schiffswrack war?«, fragte Nathan.

»Nun, ja, aber ich weiß nicht, ob er bereits Zauberarbeit geleistet hat«, antwortete ich.

»Wenn er es noch nicht getan hat, muss er dort hinunter. Ich kann nicht glauben, dass er überhaupt so lange gewartet hat«, fügte Emma hinzu. »Obwohl Zeit seine Kräfte nicht besonders beeinflusst.«

»Hast du etwas dagegen, wenn wir später zum Leuchtturm kommen?«, fragte ich.

»Kommt jederzeit vorbei.«

KAPITEL NEUN

An diesem Abend, nachdem ich den Laden geschlossen hatte, traf Liam mich am Kutschenhaus, und wir fuhren gemeinsam zum Leuchtturm. Der Sturm, den ich in der Atmosphäre hatte aufziehen spüren, hatte sich verzogen. Die Nacht war kalt und klar, die Sterne über dem Ozean verstreut wie Diamanten, während wir die kurvenreiche Straße entlang der Küste entlangfuhren.

Als Liam auf dem Parkplatz nahe dem Leuchtturm anhielt, schaute ich zu ihm hinüber. »Bist du bereit, für ein paar Wochen mit dem Charm Fest beschäftigt zu sein?«

Ein Funkeln trat in seine Augen. »Mein Vater hat mich vorgewarnt, dass ich bis Neujahr durchgehend beschäftigt sein würde«, antwortete er, bevor er sich über die Mittelkonsole lehnte und meine Lippen mit einem Kuss einfing.

Ein schnelles Streifen seiner Zunge gegen meine ließ meinen Bauch Purzelbäume schlagen.

Dieser Mann. Ich dankte den Sternen und meinen Vorfahren. Ob es nun der Zauber war oder etwas anderes, zumindest wollte ich Liam. Manchmal so heftig, dass es wehtat.

»Komm, lass uns sehen, was Jacob herausgefunden hat«, murmelte er.

Nachdem wir aus dem Auto gestiegen waren, nahm er meine Hand in seine, als wir in den Leuchtturm gingen. Das leise Gemurmel von Stimmen drang zu uns, während wir die Treppe hinaufstiegen. Ich bemerkte, dass die kleinen Fächer, die während der Einbruchsserie vor einigen Monaten beschädigt worden waren, repariert worden waren.

Als wir das obere Stockwerk erreichten, fanden wir Jacob, Tante Lea, Nathan und seltsamerweise den Elektriker Clint Owen vor. Nathan fing unseren Blick auf und schüttelte leicht den Kopf. Ich deutete das so, dass er auch nicht erwartet hatte, dass Clint hier sein würde.

»Also«, begann Tante Lea, eine Hand auf ihre Hüfte gestützt und mit verengten Augen, »warum zum Teufel soll es jetzt eine zusätzliche Woche dauern? Und warum steigt der vereinbarte Preis? Das ergibt alles keinen Sinn. Wir wussten von Anfang an, wie viel Arbeit das sein würde.«

Ihr Ton war scharf und missbilligend. Obwohl Nathan für den Betrieb des Beacon's Charm Leuchtturms und die Instandhaltung verantwortlich war, wurden bei größeren Projekten normalerweise die Meinungen anderer eingeholt. Es gab *immer* reichlich Meinungen bei den Wickeds und den Goods.

Ich beobachtete, wie Clint unbehaglich von einem Fuß auf den anderen trat. »Es tut mir leid, gnädige Frau«, murmelte er. »Das ist, was mein Chef mich gebeten hat weiterzugeben.«

Tante Lea schnaubte und verdrehte die Augen. »Wenn ihr den Vertrag ändert, dann haben wir die Möglichkeit zu sehen, ob wir einen besseren Deal bekommen können, also werden wir das tun.«

»Warten Sie mal einen Moment«, begann Clint zu sagen.

Nathan verengte seine Augen und unterbrach, bevor Lea eine Chance hatte zu sprechen. »Der Vertrag ist nur so gut wie die Vereinbarung. Ihr ändert die Vereinbarung, also werden wir sehen, was wir sonst noch tun können. In der Zwischenzeit ist meine Familie hier, also können wir das später besprechen«, sagte Nathan schnell.

Er drehte sich um und verließ den oberen Raum. Als Clint wie angewurzelt stehen blieb, schaute Nathan zurück. »Wir werden das später besprechen.« Daraufhin bedeutete er Clint, ihm zu folgen.

Die obere Etage des Leuchtturms war ein weitläufiger runder

Raum. Hier befand sich das eigentliche Licht. Ein kleines Schlafzimmer lag hier oben zur Seite hin, aber sonst nichts. In früheren Zeiten lebte die Familie, die den Leuchtturm verwaltete, tatsächlich hier. Die Zeiten hatten sich geändert, und Nathan wohnte jetzt auf der anderen Straßenseite in einem komfortableren Haus.

Ein Paar Stühle stand in der Ecke, also ging ich hinüber, um mich zu setzen. Tante Lea folgte mir und setzte sich mit einem zufriedenen Seufzen.

»Ich überlege, ob dieser Elektrikerunternehmer nicht doch etwas mit dieser ganzen Geschichte zu tun hat. Das ist jetzt das zweite Mal, dass sie versuchen, den Preis neu zu verhandeln«, bemerkte sie.

»Totaler Schwachsinn, wenn du mich fragst«, sagte ich. »Als Zoe es vorschlug, dachte ich nicht, dass es eine plausible Theorie sei, aber vielleicht war sie einer Sache auf der Spur. Aber das löst nicht den magischen Teil der Sache.«

Tante Lea zuckte mit den Schultern und spitzte die Lippen. »Vielleicht doch. Wir wissen, dass Clint keine Kräfte hat, aber seine Freundin schon, und er kennt wahrscheinlich andere Leute, die welche haben. Charm Cove ist voller Hexen und Zauberer. Viele Familien, die hier leben, wissen nichts von uns, aber viele schon. Typisch für einen Menschen ohne Kräfte, sich so einen chaotischen Plan auszudenken. Geld bringt Menschen ständig dazu, dumme Dinge zu tun.«

»So wahr. Ich nehme an, wir müssen einfach abwarten, wie sich die Sache entwickelt.«

Liam und Jacob schlenderten zu uns herüber, während wir auf Nathans Rückkehr vom Hinausbegleiten von Clint warteten.

»Jacob, ich habe eine Frage«, sagte ich.

Jacob blickte nach unten. Er war groß und stattlich und trug seine typische Kleidung aus leicht zerknitterten Hosen mit einem Blazer und Mantel. Sein silbernes Haar war kurz geschnitten, und er trug eine Brille, die ihm eine intellektuelle Ausstrahlung verlieh.

»Ich nehme an, du fragst dich, wann ich zum Strand komme, um eine weitere Lesung darüber zu machen, wer diesen Tarnzauber ausgesprochen haben könnte«, sagte er mit einem leichten Lächeln.

Ich nickte. »Natürlich.«

»Ich habe Liam gerade erzählt, dass ich am Tag nach dem Fund des

Bootes dort war, aber ich bin vom Haus deiner Eltern aus zum Strand gelaufen. Der ist etwas zugänglicher und auch näher an der Stelle, wo das Boot gegen die Felsen gekracht ist. Auch wenn ich nicht glaube, dass ich etwas Neues erfahren würde, könnte ich nochmal kommen und von deiner Seite aus zum Strand gehen.«

Ich war ein wenig verärgert, dass er mich nicht informiert hatte, aber andererseits war Jacob dafür bekannt, ruhig zu sein und dennoch irgendwie alles zu wissen. Ach ja, und dafür, ein unglaublich mächtiger Zauberer zu sein.

Ich konzentrierte mich auf die relevanten Dinge. »Und? Hast du etwas Hilfreiches herausgefunden?«

Jacob schwieg für ein paar Augenblicke und nickte dann langsam. »Nichts Eindeutiges. Eigentlich kann ich keinen der Zauber identifizieren, die an diesem Strand gewirkt wurden. Also, lass mich das präzisieren. Ich weiß, dass das Ergebnis im Wesentlichen ein Tarnmechanismus war, was äußerst selten ist. Es umfasste drei verschiedene Zauber, gewirkt von drei verschiedenen Personen. Das lässt mich vermuten, dass die drei Personen im Boot diejenigen waren, die sich von Anfang an getarnt haben. Zur Verwirrung kommt hinzu, dass eine dieser drei anwesenden Personen weder Hexe noch Zauberer war. Ich hatte Zweifel daran und habe in Betracht gezogen, dass er vielleicht doch Kräfte haben könnte. Aber dann habe ich ihn mit deinem Vater auf der Polizeistation getroffen. Er hat absolut keinen Zweifel daran, dass Clint keine Kräfte hat«, erklärte er und bezog sich dabei auf die Fähigkeit meines Vaters, zu spüren, ob jemand irgendeine Art von Kräften besaß. In Zeiten wie diesen war das praktisch. »Selbst wenn wir annehmen, dass die beiden Personen mit Kräften an den Zaubern beteiligt waren, die sie getarnt haben, fehlt uns immer noch die dritte Person, die einen Zauber gewirkt hat. Der einzige Grund, warum ich gewartet habe, zum Leuchtturm zu kommen, war, dass so viele Leute ein- und ausgingen, um nach ihm zu sehen, dass ich nicht durch das Durcheinander verwirrt werden wollte. Zauberspuren, besonders mächtige, halten wochenlang an.«

In diesem Moment erreichte Nathan die Spitze der Treppe und betrat den Raum erneut. »Die Luft ist rein«, sagte er mit einem Kichern. »Ich habe gewartet, bis Clint weggefahren ist, und unten abgeschlossen. Ich habe sogar einen Schutzzauber auf die Tür gelegt, falls er versuchen sollte, wieder hereinzukommen. Ich weiß nicht, was mit ihm los ist, aber ich traue ihm nicht.«

Liam murmelte: »Du und ich beide.«

»Magie beiseite, ich denke nicht, dass wir mit ihnen Geschäfte machen sollten. Aber das ist eine andere Angelegenheit, und wir werden uns später darum kümmern«, sagte Lea entschieden. Sie blickte zu Jacob auf, ihrem Ehemann, der Liebe ihres Lebens und dem Mann, der sie anbetete.

Wenn ihre Ehe als Vorbild dienen sollte, hatte der jahrhundertealte Zauber, der sie zum vorbestimmten Paar ihrer Generation erklärt hatte, nicht nur den Frieden zwischen den Wickeds und den Goods bewahrt, sondern ihnen auch eine liebevolle Ehe geschenkt. Wenn das Glück anhielt, sollten Liam und ich eine gute Ehe haben. Kein Wort-spiel beabsichtigt. Obwohl Hexen und Zauberer dazu neigten, leiden-schaftliche Ehen zu führen, waren meine eigenen Eltern immer noch verrückt nacheinander.

Bei Leas bedeutungsvollem Blick nickte Jacob, und etwas ging zwischen ihnen hin und her, bevor er sich abwandte und sich dem riesigen Licht zuwandte, das zum Ozean hin ausgerichtet war.

Der Rest von uns blieb, wo wir waren, und wartete. Jacob stellte sich hinter das Licht, schloss die Augen und schüttelte seine Hände. Er verharrte für einige lange Momente regungslos und hob dann schließ-lich seine Hände. Die Luft im Raum fühlte sich elektrisiert an, der leiseste Hauch eines Summens begann.

Er öffnete seine Augen in dem Moment, als er seine Hände sinken ließ. Das Summen verschwand, obwohl sich der Raum nach dem, was auch immer er getan hatte, um die hinterlassenen Spuren zu lesen, wärmer anfühlte.

Als er sich wieder zu uns umdrehte, steckte Jacob eine Hand in seine Tasche und richtete mit der anderen seine Brille. »Nun, wer auch immer diesen Zauber gewirkt hat, tat es nicht allein. Auch hier finde ich Spuren von drei Zaubern. Das entspricht ungefähr dem, was nötig wäre, um den Zauber zu brechen, der diesen Leuchtturm so lange in Betrieb gehalten hat. Wenn ich verwirrt wirke, dann deshalb, weil mir ein Teil nicht klar ist. Ich glaube, zwei der Personen, die die Zauber wirkten, waren verwandt, was es für mich schwierig macht, sie zu unterscheiden. Ich bin ziemlich sicher, dass sie hier eingebrochen sind, um es zu tun. Die Magie ist zu nah; sie ist überhaupt nicht weit entfernt. Es ist auch keine vertraute Magie aus Charm Cove.«

Tante Lea fing meinen Blick auf. »Beatrice hat recht. Das ist eine Sache von außerhalb der Stadt.«

KAPITEL ZEHN

Later am Abend lehnte ich meinen Kopf an Liams Schulter. Wir saßen auf der Couch, und ich hatte mich unter eine Decke gekuschelt, weil es kalt war, als wir nach Hause kamen. Nachdem Liam ein Feuer gemacht hatte, kuschelten wir uns auf die Couch, um fernzusehen.

Mein Ziel war es gewesen, meinen Kopf auszuschalten, aber ich konnte nicht aufhören zu denken. Zu müde zum Kochen hatten wir auf dem Heimweg eine Pizza geholt und sie in der Küche gegessen, bevor wir hierher geschlendert waren.

»Ich dachte, du wolltest nicht nachdenken«, murmelte Liam, seine raue Stimme jagte mir einen kleinen Schauer über den Rücken.

Man könnte meinen, dass Liam, da ich ihn mein ganzes Leben lang kenne, nicht so eine Wirkung auf mich haben würde. Weit gefehlt. Oder vielleicht sollte ich mich glücklich schätzen, da ich dazu bestimmt war, ihn zu heiraten, sonst könnte das Schicksal zweier mächtiger Hexenfamilien wieder in Konflikt geraten.

Ich fand es schwer zu glauben, dass eine Heirat in jeder Generation zwischen den weitverzweigten Familien Good und Wicked tatsächlich notwendig war, um den Frieden zu bewahren. Doch ein Blick zurück in die Geschichte und zu sehen, wie schlimm die Dinge einst gewesen waren, war augenöffnend.

Ich musste mir nur die starken Persönlichkeiten ansehen, die in der Hexenwelt dominierten. Ich wusste nicht, wie der Zauber den Frieden zwischen unseren Familien bewahrte, aber es schien zu funktionieren. Allein der Gedanke an Opal Good, die ihre Kräfte gegen meinen Vater einsetzte, reichte aus, um mir Sorgen zu machen.

Ich rückte ein wenig zurück und sah zu Liam hoch. »Du hast recht. Ich kann nicht aufhören zu denken. Ich bin wohl erleichtert, dass sowohl am Strand als auch bei Beacon's Charm mehrere Zauber verwendet wurden, weil es dann Sinn ergibt. Trotzdem macht es mir Sorgen. Wir mögen zwar Clint verdächtigen, aber er hat überhaupt keine Magie. Also wird er entweder von jemandem als Bauer benutzt und weiß es nicht, oder es geht etwas anderes vor. Ich kann einfach den Zweck nicht erkennen, den Zauber auf dem Leuchtturm und das Schiffswrack am Ufer zu brechen. Außerdem, warum hat Jacob uns nicht gesagt, als er zum Strand ging?«

Liam lächelte leicht. »Ich wusste, dass dich das stören würde, aber du kennst Jacob. Er war noch nie jemand, der alle auf dem Laufenden hält. Außerdem grübelt er gerne ewig über Dinge nach.«

Ich lehnte mich vor, nahm mein Weinglas vom Couchtisch und nahm einen kräftigen Schluck. »Ich nehme an, eine Sache, die mich vom Sorgen abhält, ist die Menge an Zeug, die ich in den nächsten Wochen erledigen muss. Das Charm Fest rückt schnell näher, und wir haben eine Menge zu tun. Bist du sicher, dass es dir nichts ausmacht zu helfen?«

Liams Grinsen wurde breiter und er zuckte mit den Schultern. »Arbeit macht mir nichts aus. Außerdem bin ich ziemlich sicher, dass alle tot umfallen würden, wenn wir nicht helfen würden. Es wird Spaß machen. Sag mir einfach, was ich tun soll.«

Als er meinem Blick standhielt, verdunkelten sich seine Augen, das eisige Blau wurde wärmer.

»Also kann ich dir einfach sagen, was du tun sollst?«, neckte ich.

»Jederzeit.«

»Dann küss mich.«

Um seinen Standpunkt zu beweisen, kam er der Aufforderung nach.

———

Am nächsten Morgen genossen wir Kaffee, während Ghost in einem Sonnenfleck auf der Küchentheke ein Nickerchen machte. Liam strich gedankenverloren über sein Kinn. Wir hatten still dagesessen, als Liam sprach. »Ich habe eine Idee.«

»Welche?«

»Nun, ich weiß, dass keiner von uns den Druck schätzt, der auf uns ausgeübt wird. Als Tante Opal mir diese Ringe gab, wurde mir klar, dass unser Schicksal diskutiert wird, ob es uns gefällt oder nicht. Wenn wir uns verloben, könnte das alle für eine Weile zum Schweigen bringen.«

Manchmal hatte ich das Gefühl, als könnte Liam tatsächlich meine Gedanken lesen. Was, ich gebe es zu, ein bisschen beunruhigend war. Ich hatte mein Leben damit verbracht, zwischen der übernatürlichen und der sogenannten normalen Welt zu balancieren, also war ich mit übernatürlichen Kräften ziemlich vertraut. Dennoch konnte das ganze Schicksal und Bestimmungszeug manchmal ein wenig dramatisch sein.

Und dann musste Liam auch noch gelegentlich meine Gedanken lesen.

Ein überraschtes Lachen entfuhr mir, als ich ihn ansah und langsam den Kopf schüttelte. »Ich denke, das ist eine brillante Idee.«

Seine Lippen kräuselten sich zu einem langsamen Grinsen, was prompt Schmetterlinge in meinem Bauch kreisen ließ. Ich fühlte mich oft halb verrückt, wenn es um Liam ging. Ich hatte mir eine Zeit lang so viel Mühe gegeben, mir einzureden, dass unsere *Bestimmung* verrückt sei und dass ich sie vergessen sollte. Irgendwie hatte das nur dazu gedient, dass sie sich am Ende umso mächtiger anfühlte. Oder vielleicht am Anfang.

»Ist das also dein Antrag? Ist das deine Art, mich zu fragen, ob ich dich heiraten will?«

Er warf den Kopf zurück und lachte herzlich. Als er seine Augen wieder auf meine richtete, schüttelte er langsam den Kopf. »Oh, nein. Ich wollte nur zuerst deine Zustimmung.«

Sein Blick wurde ernster, während sich Angst in meiner Brust ausbreitete. Ich mochte wissen, was ich wollte, aber das bedeutete nicht, dass es einfach war. Tatsächlich war das Gewicht davon manchmal überwältigend.

»Moira, ich habe zwei sehr wichtige Dinge gelernt, während du weg warst. Ich war dumm zu glauben, ich könnte mit jemand anderem als dir zusammen sein, und das wurde so schnell klar, dass es brutal war. Außerdem habe ich gelernt, dass wir das in unserem eigenen Tempo angehen müssen. Vielleicht hätten wir von Anfang an eine geradere Linie zueinander gehabt, wenn wir das getan hätten. Außerdem habe ich durchaus ein paar romantische Knochen in meinem Körper. Ich wollte dich jedoch nicht erschrecken.«

Plötzlich wollte ich alles wissen. Einschließlich des genauen Zeitpunkts, wann er mich fragen würde, ob ich ihn heiraten wolle, damit ich sicherstellen konnte, dass ich etwas Gutes anhatte. Ich war nicht zu eitel, aber definitiv ein bisschen.

Seine beeindruckende Imitation des Gedankenlesens fortsetzend, sagte er: »Du wirst auf den Rest warten müssen. Aber zumindest wird meine Frage keine Überraschung sein.«

Gefühle wallten in mir auf, und ich musste tief durchatmen, um damit klarzukommen. »Okay. Achte darauf, dass es gut wird. Ich nehme dich beim Wort«, schaffte ich mit einem kleinen Lachen.

Liam lehnte sich über die Theke und fing meine Lippen in einem heißen Kuss ein, der meine Wangen rot und meine Lippen kribbeln ließ, als er sich zurückzog.

KAPITEL ELF

Ich verbrachte den Vormittag damit, E-Mails an alle Beteiligten der Charm-Fest-Planung zu versenden. Natürlich tat ich das, während ich gleichzeitig Kunden bei Persnickety Potions & Gifts bediente, wo Armbänder mit Anhängern, Kräutermedizin, Weihnachtsschmuck und mehr über den Ladentisch flogen. Ich war unglaublich erleichtert, als am frühen Nachmittag Celia und Delia nach der Schule kamen, um zu helfen.

Sie waren wirklich hilfsbereit bei den Kunden und immer gut gelaunt. Ich blieb an der Hauptkasse, während sie vorne im Laden umhergingen und mit Kunden plauderten. Nachdem ich die E-Mails an alle im Planungskomitee fertig geschrieben und alle Aufgaben verteilt hatte, konzentrierte ich mich auf meine Hauptaufgabe – die Bewerbungen für den jährlichen Charming Arts & Crafts Fair während des Charm Fests zu bearbeiten.

Die Händler, die für die begehrten Ausstellungsstände ausgewählt wurden, verdienten eine Menge Geld und teilten ihren Gewinn mit der Stadt. Das gesamte von der Stadt eingenommene Geld floss in die Schule.

Direkt nach der Arbeit fuhr ich zur High School. Charm Cove sparte Geld für den Bau einer brandneuen High School mit Turnhalle.

In der Zwischenzeit musste ich mir einen Überblick verschaffen, wie viele Stände wir in die Aula stellen konnten. In den vergangenen Jahren nutzten wir die Aula der Grundschule, die kleiner war, also war dies das erste Jahr, in dem das Festival in der Aula der High School stattfinden würde. Die Stadt hatte entschieden, dass der größere Raum vorteilhaft wäre, da der Kunst- und Handwerkermarkt so beliebt war.

Elsa Hanson, die Hausmeisterin der High School, erwartete mich am Haupteingang und winkte mich herein. Ich schätzte, dass sie mittlerweile an die siebzig Jahre alt sein musste. Sie war schon vor gut zehn Jahren Hausmeisterin an der High School, als ich noch zur Schule ging. Sie wirkte alterslos, ihr Gesicht wettergegerbt und freundlich. In ihren blauen Augen funkelte es warm und sie hatte eine weiche, rundliche Figur. Sie bewegte sich praktisch mit Lichtgeschwindigkeit und flitzte mit einem Mopp an mir vorbei.

»Moira!«

Ich schaute über meine Schulter und sah Liam durch den Haupteingang kommen. Wie versprochen war er hergekommen, um sich mit mir zu treffen. Ich hatte ein schreckliches Raumgefühl, also wusste ich, dass ich ein besseres Auge brauchen würde.

Elsa warf uns ein Lächeln zu, als Liam mich einholte und meine Hand in seine nahm. Sie ging mit einer Handbewegung weiter und verschwand mit ihrem Wagen voller Putzutensilien in einem leeren Flur.

»Nathan trifft uns auch hier«, sagte Liam zur Begrüßung, während er sich zu mir beugte und mir einen Kuss auf die Lippen drückte.

»Echt?«, fragte ich überrascht.

Liam lachte, als wir den dunklen Flur entlanggingen. »Oh, ja. Habe ich erwähnt, dass er was für Sarah Bishop übrig hat? Er hofft, sie zu beeindrucken. Ich nehme an, sie ist auch an der Planung beteiligt.« Er hielt inne und schaute mich fragend an.

»Allerdings. Ihre Tante kümmert sich um alle Verlosungen, und sie helfen auch bei der Organisation der Paraden. Ich kann nicht glauben, dass Nathan versucht, sie zu beeindrucken, indem er uns hilft«, sagte ich und machte mir nicht die Mühe, mein Kichern zu verbergen.

Liam lachte. »Jedenfalls wird er in ein paar Minuten hier sein, aber lass uns schon mal einen Blick werfen.«

Es war seltsam, in der High School zu sein, die Liam und ich besucht hatten, als ich noch jung, töricht und unbeschwert war. Damals erschien die Idee des Schicksals leicht und lustig. Das Gebäude löste eine Welle von Emotionen und Erinnerungen aus. Als wir auf dem Weg zur Aula an den Reihen von Schließfächern vorbeigingen, hallte die Stille um uns herum. Ich entdeckte mein altes Schließfach und erinnerte mich daran, wie ich dort zwischen den Unterrichtsstunden auf Liam gewartet hatte. Solche Orte fühlten sich immer seltsam an, wenn niemand da war. Ich stellte mir vor, dass die Gänge während des Tages zwischen den Unterrichtsstunden mit Stimmen und Gelächter gefüllt waren, und was auch immer das neueste Teendrama war, das gerade durch die Gerüchteküche ging.

Die Lichter im Flur waren gedimmt, aber in der Aula waren sie an. Elsa hatte mir versichert, dass sie sie für uns anlassen würde. Sie würde noch eine Stunde hier sein, aber dann müsste sie abschließen.

Als wir durch die großen Schwingtüren gingen, schaute ich zu Liam. »Wir haben eine Stunde. Ich hoffe, du hast ein besseres Gefühl dafür als ich. Hätten wir ein Maßband mitbringen sollen? Laut meiner Mutter wurde hier außer Schulveranstaltungen noch nichts anderes abgehalten.«

Liam ließ meine Hand los, drehte sich um und ließ seinen Blick durch die große Aula schweifen. Seine Stimme hallte, als er sprach. »Nun, die Tribünen werden zurückgeschoben, und die Basketballkörbe werden auch weggeräumt.«

Er scannte den Raum, und ich konnte gedanklich sehen, wie er zählte. »Ich schätze, zwanzig Stände auf jeder Seite und zehn in der Mitte, das gibt Platz für fünfzig.«

»Hey, Leute«, rief Nathan hinter uns.

Wir drehten uns zu ihm um. Liam grinste sofort. »Wir sind schon fertig, aber du kannst Sarah erzählen, dass du geholfen hast«, sagte er mit einem Lachen.

Nathan erreichte uns, verdrehte die Augen und warf mir ein verlegenes Grinsen zu.

Ich zuckte mit den Schultern und unterdrückte mein Lächeln. »Ist schon okay. Liam hat mir erzählt, dass du was für Sarah übrig hast, aber jetzt musst du für immer mithelfen. Nach dem hier gibt's kein Zurück mehr.«

Nathan zuckte nur mit den Schultern. »Ach ja. Meine Mutter lag mir dieses Jahr sowieso in den Ohren. Sie meinte, es wäre an der Zeit. Wie auch immer, seid ihr wirklich schon fertig?«

»Ich muss mir nur noch den Eingang hinten anschauen. Ich bin dafür verantwortlich, allen, die wir für den Markt genehmigen, Anweisungen zu schicken. Da viele von ihnen von außerhalb kommen, werde ich eine E-Mail mit Informationen schicken, wo sie parken können und wie sie ihre Sachen hereinbringen können.«

Liam und Nathan gingen bereitwillig mit mir nach hinten, während wir uns umschauten. Nachdem ich den hinteren Eingang vom Parkplatz aus überprüft hatte, sah ich die beiden an. »Okay, ich denke, wir haben alles. Worüber redet ihr?«

Sie unterbrachen ihr Gespräch, als sie zu mir schauten, und Nathan meldete sich zu Wort. »Ich habe gerade erklärt, dass die Küstenwache heute wieder vorbeigekommen ist. Weißt du, da der Leuchtturm all diese Jahre einwandfrei funktioniert hat, musste ich kaum mit diesen Leuten reden. Sie kommen einmal im Jahr für ihre Inspektionen und sonst nichts. Sie sind nicht sehr glücklich über die Verzögerung bei der Reparatur der Verkabelung, aber ich habe das Gefühl, wir stecken in der Klemme. Sie bieten an, nächste Woche einen Notfallelektriker aus Brunswick zu schicken. Irgendeinen Typen, mit dem die Küstenwache einen Vertrag hat. Ich weiß nicht, was ich davon halten soll.«

Ich ging zu ihnen und verschränkte die Arme. »Ich glaube, du solltest sie daran erinnern, dass unsere Familien das Gebäude besitzen, also ist es unsere Entscheidung. Meine Mutter hat erklärt, was passiert ist, als die Regierung versuchte, es zu kaufen, aber wir haben das Grundstück bereits unter Schutz gestellt. So wie es jetzt ist, haben sie einen guten Deal, da wir alle Kosten übernehmen. Ich glaube, das musst du betonen.«

Nathan seufzte. »Ich schwöre, ich habe das bereits gesagt. Ich glaube, Tante Lea muss mit ihnen sprechen.«

Liam lachte. »Oh, weil sie herrischer ist als du? Pass auf, sie wird einen verdammten Zauber auf sie legen, wenn sie zu grantig wird.«

Nathan lachte und zuckte mit den Schultern. »Ich glaube, ich bin zu gutmütig, Mann. Ich will das einfach nur gelöst haben. Die Magie den Leuchtturm betreiben zu lassen, machte den Job wirklich einfach. Außerdem jagt mir der Typ von der Küstenwache eine Heidenangst ein. Er ist verdammt aufdringlich.«

»Wie heißt er?«, fragte ich.

»Daryl irgendwas. Kann mich nicht an seinen Nachnamen erinnern, aber er ist nicht von hier. Sagt, er komme irgendwo aus dem Süden, ist aber seit ein paar Jahren hier stationiert. Ehrlich gesagt, glaube ich nicht, dass ich ihn bei den Inspektionen getroffen habe.«

Liam hob eine Augenbraue und ließ seinen Stiefel beiläufig auf dem Boden vor und zurück rollen. »Nun, es ist ja nicht so, als könntest du ihn abwimmeln. Gib ihm genau das zurück, was Moira angemerkt hat. Lea ist herrisch wie die Hölle, also weißt du, dass sie ihm die Hölle heiß machen wird, wenn du sie darum bittest.«

Nathan schüttelte langsam den Kopf. »Einverstanden. Die ganze Sache fühlt sich einfach falsch an. Ich wünschte verdammt noch mal, ich wüsste, wer mich über den Kopf geschlagen und in diesem Schrank eingesperrt hat.«

»Wem sagst du das?«, antwortete ich.

Ich schaute auf meine Uhr und dann wieder zu Liam hoch. »Ich muss nach Hause. Ghost wird bald sein Abendessen erwarten.«

Nathan hob eine Augenbraue, sein Blick verwirrt. »Du fütterst einen Geist?«

Ich warf den Kopf zurück und lachte. »Nein, ich füttere keinen Geist. Ghost ist meine Katze.«

Liam nahm meine Hand in seine, zwinkerte und grinste Nathan an. »Ja. Sie verwöhnt diese Katze maßlos. Es reicht nicht, dass er Trockenfutter zur Verfügung hat. Er bekommt tatsächlich morgens und abends spezielles Dosenfutter.«

Ich stieß Liam mit meinem Ellbogen an, als wir uns zu dritt umdrehten und durch die Aula zurückgingen, unsere Schritte hallten auf dem Holzboden. Liam schaltete die Lichter aus und dann gingen wir hinaus und trafen am Haupteingang auf Elsa. Sie war früher fertig geworden und wartete auf uns, um abzuschließen.

»Also«, sagte sie beiläufig zu Nathan, als wir durch den Haupteingang hinausgingen, »ich höre, ihr sucht einen neuen Elektriker, der sich um die Arbeit am Leuchtturm kümmert.«

Ich fing kurz Nathans Blick auf und schaute dann zu Liam. Ich vermutete, sie fragten sich das Gleiche. Woher zum Teufel wusste sie, dass sie einen neuen Elektriker für diesen Job suchten?

»Wo hast du das gehört?«, fragte Nathan zurück.

Elsa verriegelte die schweren Schlösser am Haupteingang der High School und gab etwas in das Sicherheitspanel außerhalb des Gebäudes ein, bevor sie antwortete.

»Oh, mein Mann macht Gelegenheitsjobs. Einer der Männer, die die meiste Arbeit am Leuchtturm machen sollten, hat bei diesem Auftragnehmer kurzerhand gekündigt. Jetzt suchen sie also verzweifelt nach jemandem Neuem«, erklärte sie.

Na so was.

»Wer war das?«, fragte ich und kam gleich auf den Punkt.

»Clint Owen«, antwortete Elsa unbeschwert und schien meine Neugier nicht zu bemerken.

Nathan brachte eine ziemlich belanglose Antwort zustande, und dann verabschiedeten wir uns und gingen. In dem Moment, als Liam und ich im Auto saßen und die Türen geschlossen waren, schaute ich zu ihm hinüber. »Was zum Teufel ist da los?«

KAPITEL ZWÖLF

Am nächsten Tag war meine E-Mail-Inbox voll mit Bewerbungen für den Charming Kunsthandwerksmarkt. Ich hatte verspätet festgestellt, dass alle beim Abendessen neulich mich so schnell für diese Aufgabe hatten freiwillig melden lassen, weil sie sich dadurch das Durchsehen von ein paar hundert E-Mails ersparten. Wir konnten nur fünfzig annehmen, also hatte ich einiges zu tun, um sie zu sortieren.

Egal, ich plante, sie weiter durchzugehen, während ich im Laden hinter der Theke stand. Leichter Schnee fiel, und der Duft von heißem Gewürzapfelwein erfüllte den Laden. In ein paar Tagen wäre Thanksgiving. Jahr für Jahr, wahrscheinlich seit Persnickety Potions & Gifts vor ein paar Jahrhunderten gegründet wurde, servierten wir heißen Gewürzapfelwein und Melasse-Ingwer-Plätzchen von der Thanksgiving-Woche bis zum Neujahrstag.

Ich hatte bereits genügend Kurven, also musste ich mich auf einige wenige Kekse pro Tag beschränken. Die Melasse-Ingwer-Plätzchen meiner Mutter waren zufällig meine persönlichen Favoriten.

Die Kunden hielten den Laden beschäftigt, also hatte ich nicht viel Zeit, darüber nachzudenken, warum Clint einfach gekündigt hatte. Irgendwie sagte mir mein Bauchgefühl, dass dieses Puzzleteil in das größere Bild dessen passte, was auch immer zum Teufel beim Leuchtturm vor sich ging.

Gegen Mittag kam Abby Proctor herein. Nach all dem Trubel um die Einbrüche und nachdem ihre Cousine verhaftet und angeklagt worden war, war Abby endlich in das Sommerhaus gezogen, das sie von ihrer Tante in der Nähe des Leuchtturms geerbt hatte. Sie kam gelegentlich vorbei, um Hallo zu sagen, und schien nach und nach Freunde in der Stadt zu finden. Obwohl Charm Cove ein einladendes kleines Städtchen war, beäugten die Einheimischen Neuankömmlinge tendenziell skeptisch und fragten sich, wer wohl den Winter überstehen würde. Das und die Tatsache, dass Hexen und Hexer diese Stadt regierten, fügten eine weitere Schicht Skepsis gegenüber Neuankömmlingen hinzu.

Unter den Hexenfamilien gab es Gerüchte darüber, ob sie tatsächlich irgendwelche Kräfte hatte. Da mein Vater zufällig die Fähigkeit besaß, zu spüren, ob jemand Kräfte hatte, hatte ich etwas mehr Informationen als andere. Obwohl Abby von Hexen abstammte, war ihre Kraft so schwach, dass sie fast nicht nachweisbar war. Meine Familie vermutete, dass die Hexen in ihrer Familie seit Generationen aufgehört hatten zu praktizieren, wodurch ihre Kraft erheblich geschwächt wurde. Im Gegensatz zu ihrer Cousine schien Abby kein Interesse daran zu haben, die Kraft ihrer Familie wiederzuerlangen.

Abbys blaue Augen leuchteten auf, als sie mich hinter der Theke sah. Ihre Wangen waren vor Kälte gerötet, und sie schüttelte ein paar Schneeflocken von ihrem Hut, als sie ihn abnahm.

»Es fühlt sich an, als ob der Schnee uns seit Tagen neckt. Es sieht endlich so aus, als könnten wir mehr als nur eine dünne Schicht bekommen«, sagte sie zur Begrüßung.

»Ich weiß. Wir sind definitiv reif für einen richtigen Schneesturm. Ich denke, wir werden bald einen bekommen. Also, wie geht's dir?«

Abby lächelte ein wenig schüchtern. »Mir geht es gut. Ich möbliere langsam dieses große alte Haus. Es gibt so viel Platz, dass ich nicht so recht weiß, was ich mit allem anfangen soll.«

»Das kann ich mir vorstellen. Diese alten Häuser sind sicherlich riesig. Wenn sie nicht den ganzen Platz brauchen, vermieten manche

Leute Teile dieser Häuser während des Sommers. Du könntest damit sicherlich eine Menge Geld verdienen.«

Abby nickte. »Ich überlege, das für nächsten Sommer zu tun. Ich habe aber noch so viel zu tun, um das Haus auf Vordermann zu bringen. Es war ein bisschen in einer Zeitschleife gefangen.«

Ich biss mir auf die Zunge, als ich merkte, dass ich ihr fast zugestimmt hätte. Trotz unserer freundlichen Bekanntschaft wusste sie nicht, dass ich mich vor ein paar Monaten in ihr Haus transportiert hatte, als wir sie während der Einbruchsserie verdächtigten.

»Das kann ich mir vorstellen«, bot ich harmlos an.

»Die Rohre, die Elektrik, die Fenster, die Heizung ... nun, alles muss modernisiert werden, und ich werde mich langsam darum kümmern. Ich bin eigentlich reingekommen, um ein paar Geschenke zu kaufen, aber ich habe von dem gehört, was am Leuchtturm passiert ist, und dachte, ich sollte etwas erwähnen.«

In dem Moment, als sie das sagte, erinnerte ich mich, dass ihr Haus zufällig direkt hinter dem Leuchtturm an derselben Straße lag.

»Oh? Was denn?«

»Nun, einen Tag bevor alles passierte, hielten zwei Männer bei meinem Haus an und fragten, wo der Leuchtturmwärter wohnt. Ich habe mir nichts dabei gedacht, weil Beacon's Charm Lighthouse ein Wahrzeichen ist. Viele Leute fahren vorbei und fotografieren ihn ständig. Jedenfalls stellte sich heraus, dass das einen Tag war, bevor ich aus der Stadt fuhr, um meine Mutter in Boston für ein paar Tage zu besuchen. Ich habe nichts von dem gehört, was passiert ist, bis ich vor ein paar Tagen zurückkam, aber ich dachte, ich sollte es trotzdem erwähnen. Ich nehme an, du wirst mir sagen, ich soll mit Daniel reden, aber ich wollte mit dir anfangen«, erklärte sie.

»Das ist wirklich interessant. Weißt du zufällig irgendetwas darüber, wer sie waren?«

»Nicht viel. Ihr Nummernschild war aus Massachusetts, aber das ist nichts Ungewöhnliches. An jedem beliebigen Tag sehe ich viele davon durch die Stadt fahren. Sie hatten beide dunkles Haar, aber ich erinnere mich nicht an die Farbe ihrer Augen. Ich habe damals nicht an ihr Nummernschild gedacht. Aber wegen all der Einbrüche im letzten Herbst habe ich eine Überwachungskamera an der Garage installieren lassen, die auf die Einfahrt blickt. Ich habe ein Standbild, auf dem man die Kennzeichennummer sehen kann. Ich hatte bis zu meiner Rückkehr aus der Stadt und dem Hören von dem, was passiert ist, nicht einmal daran gedacht.«

Ich tat mein Bestes, um meine Aufregung zu verbergen. Vielleicht hatten wir *endlich* eine solide Spur. Bisher war es nichts weiter als eine Spekulation nach der anderen gewesen.

KAPITEL DREIZEHN

Später am Abend schaffte ich es, den Laden in Rekordzeit zu schließen und mit Abby Daniel auf dem Polizeirevier zu treffen. Sie zeigte ihm die Standbilder ihrer Überwachungskamera, und er suchte das Kennzeichen nach. Ausnahmsweise war er nicht geheimnisvoll mit den Informationen und gab mir einfach den Namen.

Als ich nach Hause kam, aßen Liam und ich zu Abend, und ich berichtete ihm von den Ereignissen und meinem Plan, während ich ihm gegenüber an der Küchentheke in meinem Kutschenhaus saß. Er trank ein Bier, während ich ein Glas Wein austrank.

Ghost, der wie üblich alle Verhaltenserwartungen ignorierte, machte ein Nickerchen auf der Küchentheke und war völlig zufrieden. Draußen schneite und stürmte es. Bei diesem Tempo würden wir wohl ein weißes Thanksgiving haben. Es waren nur noch zwei Tage bis dahin.

Liam schaute zu mir herüber, sein blauer Blick besorgt. »Ich bin nicht sicher, ob das so eine gute Idee ist«, meinte er.

»Nun, ich behaupte nicht, dass es eine gute Idee ist. Aber es ist wahrscheinlich unsere beste Chance, um Informationen zu bekommen. Bisher haben wir im Dunkeln getappt. Jetzt wissen wir, dass dieses Kennzeichen zu Samuel Parker in Salem gehört. Das ist nicht nichts. Es ist eine echte Spur.«

Liam lächelte schief und nahm noch einen Schluck von seinem Bier. »Schau, der einzige Weg, wie du mich dazu bringen kannst, bei dieser Sache mitzumachen, ist, wenn wir hinfahren. Du wirst das nicht allein machen.«

»Gut. Das ist völlig in Ordnung«, antwortete ich und bemühte mich, nicht zu aufgeregt auszusehen.

Ich hatte vorgeschlagen, eine meiner praktischsten Fähigkeiten zu nutzen – die Fähigkeit, mich von einem Ort zum anderen zu transportieren. Es war nichts, was ich sehr oft tat, und normalerweise reiste ich nur kurze Strecken, weil ich dort mehr Kontrolle hatte.

Mit diesem einzelnen Hinweis aus Abbys und Daniels Ermittlungsarbeit erfuhren wir, wem das Nummernschild gehörte und wo sie wohnten. Laut den Grundbucheinträgen, die Daniel verfolgt hatte, war die Adresse, die zum Kennzeichen passte, unbewohnt.

Ich vermutete, dass sie nicht unbewohnt war, aber es gab nur einen Weg, das herauszufinden.

Liam trank sein Bier aus, stand dann auf und umrundete die Theke. Er hielt kurz an der Spüle an, um die Flasche auszuspülen und sie in den Recycling-Behälter unter der Theke zu werfen. Als er sich umdrehte, lehnte er seine Hüften gegen die Theke. Ich drehte mich auf meinem Hocker, um ihm gegenüberzustehen.

Er sah mich einfach ein paar Sekunden lang an, was eine Welle von Wärme durch meine Adern schickte und mein Herz gegen meine Rippen schlagen ließ. Liam hatte schon immer eine gewisse Intensität ausgestrahlt. Ich hatte irgendwie meine Erinnerung daran, wie es sich anfühlte, mit ihm zusammen zu sein, weggeschoben, während wir getrennt waren.

Nach einem Moment sprach er. »Wir fahren am Tag nach Thanksgiving runter. Wenn das Wetter es zulässt, versteht sich. Ich werde direkt dabei sein. Ich werde nicht darauf bestehen, draußen vor dem verdammten Haus zu sitzen, aber ich muss nah genug sein, damit ich helfen kann, wenn etwas schiefgeht. Wir wissen, dass es sich um eine Hexenfamilie handelt, und wir haben keine Ahnung, wie viel Macht sie haben.«

»Klingt nach einem Plan. Also wen denkst du, müssen wir sonst noch informieren?«

Seine Lippen verzogen sich zu einem leichten Grinsen. »Jeden, der es wissen will, was im Grunde meine ganze Familie und deine bedeutet. Wir brauchen meine Mutter, um für uns ein bisschen Aufklärung zu betreiben. Ich bin sicher, sie kann uns ein bisschen mehr über die Familie erzählen, der das Haus gehört. Wir können es gleich an Thanksgiving besprechen. Wir werden sowieso alle zusammen sein.«

»Versprich mir, dass es nur bei dir und mir bleibt. Ich will nicht, dass die ganze Welt mit uns runterfährt«, fügte ich hinzu.

Liam zuckte mit den Schultern. »Es wird nicht schaden, wenn ich Gesellschaft habe, während ich warte. Lass uns das einfach an Thanksgiving klären«, sagte er, stieß sich von der Theke ab und überbrückte mit einem Schritt den Raum zwischen meinen Knien.

Er griff nach dem Weinglas in meiner Hand. Ich ließ es los, als seine Finger meine streiften, als er es aus meiner Hand nahm und auf die Theke stellte. Dann verlor sich seine Hand in meinen Haaren, und seine Lippen trafen auf meine.

KAPITEL VIERZEHN

Ich klopfte den Schnee von meinen Stiefeln, als ich über die Türschwelle ins Haus meiner Eltern trat. Das Stimmengemurmel drang den Flur hinunter bis in die Eingangshalle. Ich trug einen Korb mit frisch gebackenem Brot und einen Kürbiskuchen, den ich gestern Abend zubereitet hatte. Liam folgte mir dicht auf den Fersen und schloss die Tür mit seinem Stiefel. Seine Arme waren vollgepackt mit Backwaren, die ihm von meiner Tante Penelope draußen in der Einfahrt überreicht worden waren.

Kurz darauf befanden wir uns in der überfüllten Küche, wo sich ein buntes Durcheinander aus Familienmitgliedern und Freunden versammelt hatte. Wir würden im Esszimmer speisen, obwohl bei Thanksgiving in meiner Familie nichts formal zuging. Meine Eltern, meine Cousine Emma, Lea und Jacob sowie die Zwillinge waren alle da, zusammen mit Penelope. Hinzu kamen Liams Eltern sowie Opal und Theo. In letzter Minute war auch mein ältester Bruder Gabriel aufgetaucht. Von meinen drei anderen Brüdern hatten wir die Zusage, dass sie zu Weihnachten da sein würden. Einige andere hatten sich uns angeschlossen, darunter Beatrice Powers und eine ihrer lieben Freundinnen, eine weitere alte Hexe, Eva Ouellette.

Es war voll und fröhlich. Wir waren mittendrin, das Dessert zu genießen, das aus herumgereichten Kuchen, Torten und Puddings bestand, als Liam meine Idee zur Sprache brachte, nach Salem zu reisen und mich in das Haus zu transportieren, das mit dem Nummernschild in Verbindung stand.

Mein Vater sagte kein Wort, aber ich spürte seinen Blick auf mir. Ich wusste seit meiner Teenagerzeit, dass er sich wegen dieser besonderen Fähigkeit von mir Sorgen machte. Jede Hexe hatte unterschiedliche Kräfte, und viele davon waren verbreitet, wie das Wirken von Schutzzaubern und Ähnlichem. Doch jeder von uns besaß individuell bestimmte einzigartige Fähigkeiten. Zum Beispiel konnte Onkel Jacob spüren, wenn Zauber gewirkt wurden, und konnte meist herausfinden, wer sie gewirkt hatte, wenn er genügend Informationen hatte. Mein Vater hatte die Fähigkeit zu spüren, wenn Menschen übernatürliche Kräfte besaßen. Tante Lea konnte Dinge einschließen, eine Kraft, die an die Zwillinge weitergegeben worden war.

Meine besondere Fähigkeit war es, mich selbst zu transportieren. Ich konnte glitzernden Rauch erschaffen und darin verschwinden. Es war ein bisschen wie das Hineinrutschen in einen Tunnel. Wenn ich wusste, wohin ich wollte, konnte ich kontrollieren, wo ich landete.

Meine Mutter sprach zuerst, und ich konnte praktisch die Rädchen in ihrem Gehirn drehen sehen, als sie versuchte, die Geschwindigkeit ihrer Gedanken zu bremsen. »Liebes, ich sage nicht, dass es keine gute Idee ist, aber du musst vorsichtig sein. Alice, ich frage mich, was du herausgefunden hast«, sagte sie und ließ ihren Blick zu Liams Mutter wandern, die schräg gegenüber von ihr saß.

»Ich habe bereits ein wenig über die Familie recherchiert. Es gibt mehrere mächtige Hexenmeister und Hexen in dieser Abstammungslinie, also müssen wir davon ausgehen, dass sie sehr mächtig sein könnten.«

Ich spürte Liams Blick von der Seite auf mir, aber ich ignorierte ihn. Genau das hatte er angemerkt, als er seine Bedenken darüber äußerte, dass ich das tun würde. Ich hatte mich selbst überzeugt, dass es in Ordnung sein würde. Meine Kraft war so beschaffen, dass, wenn ich mich durch Glitzerrauch an einen Ort transportierte, der nicht sicher war, ich mich genauso schnell wieder hinausbringen konnte. Ich wollte nicht darüber streiten, nicht mit jedem Auge im Raum auf mich gerichtet und mit ziemlich vielen von ihnen machtvoll. Das war die Sache mit Hexen und Hexenmeistern – die Macht nahm mit dem Alter zu.

Beatrice erschreckte mich, als sie sprach. »Moira kann auf sich selbst aufpassen, und jeder einzelne von euch weiß das. Ich bin sicher, sie geht nicht alleine dorthin.« Sie machte eine Pause und ihr scharfer Blick schwenkte zu mir. Nach meinem Nicken fuhr sie fort: »Wie gesagt, sie wird nicht allein sein. Sie kann sicherlich schnell entkommen, wenn es gefährlich wird. Ich glaube, es ist einen Versuch wert.«

Ich strahlte Beatrice an, und sie zwinkerte zurück. Meine Mutter seufzte und legte ihre Gabel auf den Tisch. »In Ordnung. Du begleitest sie also, Liam?«, fragte sie und heftete ihren Blick auf ihn.

KAPITEL FÜNFZEHN

Einige Tage später fuhren wir nach Salem, Massachusetts. Ich war schon einmal in Salem gewesen. Wir standen zwar keiner der Hexenfamilien hier besonders nahe, aber wir kannten durchaus einige von ihnen. Als Kind war ich unendlich neugierig auf Salem gewesen und hatte meine Mutter so lange genervt, bis sie mit mir einen Tagesausflug dorthin unternahm.

Das kleine Städtchen, einst Schauplatz von Terror und Tod für Hexen, lag ruhig und schneebedeckt da, mit einer hübschen Innenstadt. Als wir an dem Gebiet vorbeifuhren, wo einige der Hexenhinrichtungen stattgefunden hatten, machte mein Herz einen merkwürdigen Satz, und mein Magen verkrampfte sich vor Unbehagen.

Ob Hexe oder nicht, die Geschichte hier war traurig und erschreckend. Menschen waren wegen angeblichen Verhaltens hingerichtet worden. Da unsere Familie tief in der Hexengeschichte verwurzelt war, wussten wir nur zu gut, dass einige der Getöteten nicht nur keine Hexen gewesen waren, sondern auch nichts über die Existenz wahrer Hexenkraft gewusst hatten. Traurigerweise wurde es, wie so oft, als Schuldeingeständnis angesehen, wenn jemand versuchte, sich angesichts aufgepeitschter Ängste für Anstand einzusetzen. Genau wie in den sozialen Medien heute hatte sich Klatsch wie ein Buschfeuer durch dieses Dorf gefressen und die Sicherheit vieler vergiftet.

Das GPS im Auto kündigte an, wann es Zeit war, in die Straße einzubiegen. Liam bog ab, und mein Bruder Gabriel meldete sich von der Rückbank. »Weißt du, hier hinten ist es etwas eng. Ich glaube, auf dem Rückweg sollte ich vorne sitzen.«

Das war ein endloser Streitpunkt unter meinen Geschwistern gewesen, als wir aufwuchsen. Es war schön, Gabriel zu Hause zu haben, und ich hoffte, er plante zu bleiben. Ich drehte mich um, begegnete seinem dunkelgrünen Blick und grinste. »Vielleicht. Aber es ist Liams Auto, weißt du.«

Liam warf mir einen Blick zu, zwinkerte und lachte über seine Schulter. »Ich muss auf Moiras guter Seite bleiben, also ist es ihre Entscheidung.«

Gabriel schmunzelte nur. Wir fuhren am fraglichen Haus vorbei, und es wirkte tatsächlich unbewohnt. In der Einfahrt standen keine Autos, und der Hof war leer. Die meisten Häuser in der Umgebung hatten Weihnachtsbeleuchtung und Dekorationen, aber dieses Haus lag still und dunkel da. Es war ein einfaches Kap-Stil-Haus in einer ordentlichen kleinen Nachbarschaft.

Nachdem Liam am Haus vorbeigefahren war, gingen wir schnell den Plan durch, den wir auf der Fahrt von Charm Cove besprochen hatten. Er und Gabriel würden eine Straße weiter im Auto warten. Ich würde mich direkt aus dem Auto heraus teleportieren.

Sobald Liam geparkt hatte, sah er zu mir herüber. »Du versprichst, dass du zurückkommst, wenn es gefährlich wird.«

Ich lehnte mich über die Mittelkonsole zwischen den Sitzen und drückte meine Lippen kurz auf seine. »Ich verspreche es. Lass uns nicht zögern. Lass mich das machen.«

Liam und Gabriel waren still, als ich tief Luft holte und meine Augen schloss, meinen Fokus verengend. Einen Moment später begann mein Körper zu summen, und dieses Schwindelgefühl überkam mich, als die Energie sich zu einem Kreis formte, als ich meine Augen öffnete.

In einem Blitz sah ich nichts als Lichtfunken, Rauch und Glitzer. Im nächsten Moment stand ich im oberen Stockwerk des kleinen

Hauses, an dem wir gerade vorbeigefahren waren. Ich hatte keine Ahnung, warum, aber immer wenn ich an Orte gelangte, an denen ich noch nie gewesen war, landete ich im oberen Stockwerk, wenn es eines gab.

Günstigerweise war ich in einem völlig leeren Raum gelandet. Ich holte tief Luft, sammelte mich und schaute mich dann um. Ich vermutete, in einem der beiden Schlafzimmer im Obergeschoss zu sein, basierend auf dem Äußeren des Hauses.

Wenn du in Neuengland lebtest, warst du wahrscheinlich schon einmal in einem originalgetreuen Cape Cod-Haus gewesen. Die Grundrisse waren so ähnlich, dass es überraschender war, wenn es nicht genau das war, was du erwartetest. Dieses Haus schien zu sein, was ich erwartet hatte. Nachdem ich gelauscht und nichts gehört hatte, ging ich leise aus dem Zimmer und kam zu einem Treppenabsatz zwischen den beiden Schlafzimmern oben. Es gab ein Badezimmer direkt gegenüber der Stelle, wo die Treppe auf den Boden im Obergeschoss traf, und dann ein weiteres Schlafzimmer direkt gegenüber von dem, in dem ich gelandet war.

Dieses Schlafzimmer war nicht leer. Es sah bewohnt aus mit einem Queen-Size-Bett und zerknitterten Laken, Büchern, die auf dem Tisch daneben gestapelt waren, und einem Fernseher auf der Kommode an der gegenüberliegenden Wand.

Ich beschloss, den Moment zu nutzen, um zu sehen, ob ich dort etwas finden könnte. Auf Zehenspitzen ging ich hinüber, scannte den Raum, und mein Blick wurde vom unordentlichen Stapel Bücher neben dem Bett angezogen. Ganz unten lag ein Zauberbuch. Ich zog es leise heraus, blätterte es durch, fand aber nichts Ungewöhnliches. Es war ein ziemlich gewöhnliches Zauberbuch. Da ich keine identifizierenden Informationen darin fand, schob ich es zurück in den Bücherstapel.

Nach einem weiteren kurzen Rundblick schlich ich die Treppe hinunter. Dieser Bereich sah ebenfalls bewohnt aus. Ich war überrascht, da das Äußere des Hauses den Eindruck erweckte, es sei leer. Die Jalousien waren hochgezogen, aber Vorhänge waren vor alle Fenster gezogen und verhinderten den Blick ins Innere des Hauses. Wieder einmal fand ich nichts Ungewöhnliches. Gerade als ich überlegen wollte, ob ich mich zurück zum Auto teleportieren sollte, hörte ich Stimmen, die sich von der Rückseite des Hauses näherten.

Anstatt die Treppe hochzugehen oder zu rennen, wirbelte ich etwas Rauch auf und teleportierte mich gleich wieder nach oben. Wenn ich einmal irgendwo gewesen war, war es leicht, dorthin zurückzukehren. Ich schlüpfte in den Schrank im leeren Schlafzimmer und fühlte mich, als würde ich das wiederholen, was ich getan hatte, als ich vor ein paar Monaten in Abbys Haus eingeschlichen war.

Natürlich hatte ich nie einen Blick auf denjenigen geworfen, der in diesem Haus lebte. Zu meiner Enttäuschung hörte ich niemanden hereinkommen. Aber nachdem ich gewartet hatte, vermutete ich, dass jemand das Haus betreten und sich dann unsichtbar gemacht hatte. Verhüllungszauber verhüllten alle fünf Sinne − Sicht, Gehör, Geruch, Tastsinn und Geschmack. Das bedeutete, ich konnte keine Schritte oder Bewegungen hören.

Obwohl ich sie offensichtlich nicht sehen konnte, weil ich mich in einem Schrank versteckte und vermutete, dass sie sich verhüllt hatten, spürte ich ihre Anwesenheit.

Liams Bedenken und die meiner übrigen Familie blitzten durch meine Gedanken. Ich hatte keine Möglichkeit zu sehen, ob jemand in meiner Nähe war. Ich war praktischerweise im Schrank des leeren Zimmers versteckt, also nahm ich an, sie müssten die Tür öffnen, um mich zu finden. Meines Wissens erlaubte ein Verhüllungszauber einer Person nicht, durch Wände zu gehen.

Abrupt hörte ich Bewegung in genau dem Raum, in dem ich mich versteckte − zuerst ein Paar Schritte und dann ein weiteres.

Verdammt noch mal.

Ich erinnerte mich daran, dass ich mich in Sekundenschnelle von hier wegzaubern konnte. Ich behielt einen Teil meiner Aufmerksamkeit auf der Magie in mir und den Rest auf allen Geräuschen durch die dünne Schranktür. Wie erwartet war dieser Schrank winzig, nicht mehr als eine kleine Kiste.

»Nun«, sagte eine Männerstimme, »jemand war hier. Ich glaube, sie sind weg. Kannst du etwas spüren?«

Eine andere Männerstimme sprach. »Ich spüre Magie, aber das ist alles.«

»So viel zu einem mächtigen Sensor«, erwiderte die erste Stimme mit einem leichten Kichern.

Der andere Mann lachte zurück. »Ich kann nicht spüren, ob Menschen Magie haben. Ich kann nur spüren, ob Zauber gewirkt wurden. Um das zu tun, brauche ich irgendeine Art von Anhaltspunkt als Ausgangspunkt. Im Moment habe ich nur dein Gefühl. Nichts für ungut, aber das ist nicht sehr hilfreich.«

Schritte bewegten sich durch den Raum in die Richtung, wo ich vermutete, dass sie basierend auf der Richtung des Geräusches aus dem Fenster schauten. »Du denkst nicht, dass uns jemand hierher verfolgt hat, oder?«

»Das ist unwahrscheinlich. Aber wir haben ein großes Risiko auf uns genommen. Charm Cove hat einige der mächtigsten Hexen und Zauberer der Welt.«

»Ich weiß«, murmelte der erste Mann. »Normalerweise würde ich nicht versuchen, hinter einem Preis wie dem Leuchtturm dort her zu sein, aber es hat sich gelohnt, diese Magie zu stehlen.«

Gestohlene Magie?

Ich hätte fast laut nach Luft geschnappt, schluckte meinen Atem im letzten Moment hinunter. Magie zu stehlen war *nicht* einfach. Wer auch immer sich dafür entschieden hatte, war definitiv mächtig. Aufgrund dieses Kommentars nahm ich an, dass sie nicht nur den Zauber am Leuchtturm gebrochen, sondern die Magie gestohlen hatten, um zu versuchen, ihn erneut zu wirken.

Zauber konnten von jedem mit Kräften nachgebildet werden. Aber die mächtigeren Zauber waren in der Regel hexen- oder zaubererspezifisch. Sie konnten über Generationen weitergegeben, erlernt und neu erschaffen werden, aber das Stehlen der Magie, die ursprünglich von jemand anderem stammte, wurde in der Hexenwelt zutiefst missbilligt.

Schritte bewegten sich wieder in meine Richtung im Schrank. So sehr ich auch dort bleiben wollte, ich spürte, dass ich es hier ein wenig zu weit trieb und am Rande des Erwischtwerdens stand.

Ich wartete, ob noch etwas gesagt werden würde, aber die Männer waren still. Ich holte tief Luft und schloss meine Augen. Wenn ich Magie einmal benutzt hatte und sie kurz darauf wieder benutzte, war es viel einfacher, sie hervorzurufen. Mit der Magie, die noch in meinem Kern wirbelte, ließ ich sie los.

Manchmal, wenn ich diesen Zauber wirkte, fühlte ich mich wie eine durch die Luft fliegende Scheibe. Nach einem tiefen Atemzug wirbelte der glitzernde Rauch um mich herum, gerade als die Tür zum Schrank aufschwang. Ein großer Mann mit grauen Haaren und dunklen Augen stand nicht länger als eine Sekunde vor mir, sein Mund öffnete sich, als er zusah, wie ich direkt vor seinen Augen verschwand.

KAPITEL SECHZEHN

Später am Abend lehnte ich an Liams Schulter auf der Couch und hörte zu, wie Gabriel uns die Kurzversion seiner Lebensgeschichte seit unserem letzten Treffen erzählte. Wir hatten über Textnachrichten und gelegentliche Telefonate Kontakt gehalten und sahen uns während der Feiertage. Auch während meiner Zeit weg von Charm Cove hatte ich mit allen in meiner Familie Kontakt gehalten und sie wie üblich besucht. Ich hatte nur keine Magie benutzt. Gabriel hatte in der Zwischenzeit in Kalifornien gelebt. Er war ein Computer-Coding-Genie und arbeitete als forensischer Buchprüfer. Kurz gesagt, er war sehr geschickt darin, im Internet verborgene Details aufzuspüren.

»Was ist eigentlich dein Plan?«, fragte ich.

Gabriel wirbelte seine leere Bierflasche zwischen den Fingern und ließ sie leicht auf dem Tisch neben dem Sessel rollen, auf dem er saß. »Der Plan ist, zurück nach Charm Cove zu ziehen. Ich kann alles, was ich bereits tue, von hier aus machen. Ich habe die Kontakte, und es ist sowieso alles Arbeit übers Internet.«

»Mama wird begeistert sein«, sagte ich mit einem Lächeln.

Gabriel lachte und fuhr sich mit einer Hand durch sein seidiges schwarzes Haar. »Das wird sie. Obwohl ich bezweifle, dass sie so entzückt sein wird wie bei deiner Rückkehr.«

»Nun, das liegt daran, dass nicht das Schicksal auf deinen Schultern lastet.«

Gabriel warf Liam ein verschmitztes Grinsen zu. »So wahr. Ich fühle mich glücklich.« Sein Grinsen verblasste, als er zwischen uns hin und her blickte. »Im Ernst, ihr zwei scheint ziemlich glücklich zu sein. Ich habe immer gehofft, dass diese quasi arrangierte Ehe für dich zu etwas Gutem wird.«

Liam lachte leise, während seine Finger durch meine Haarspitzen fuhren. Dieser alte Teil von mir, der Teil, der mich zur Flucht aus Charm Cove veranlasst hatte, leistete in meinem Inneren ein wenig Widerstand. Ich wollte sagen, dass es albern sei, und dagegen argumentieren, aber die Realität war, dass ich mit Liam zusammen sein wollte. Ich war unendlich erleichtert darüber.

»Wir sind glücklich«, bot Liam an. »Ich schätze, das ist ein Glücksfall, was?«

Seine Augen wanderten zu mir, als er zwinkerte. Ich stieß ihn mit meinem Ellbogen an. »Ich würde sagen, es ist Glück.«

»Wirst du jetzt für immer bleiben?«, fragte ich Gabriel und lenkte das Thema zurück auf ihn.

»Für immer bleiben?«, wiederholte er. »Bedeutet es etwas anderes, wenn du es zweimal sagst?«

Ich verdrehte die Augen. »Du weißt, was ich meine. Also für gut jetzt bleiben.«

Gabriel schüttelte den Kopf. »Noch nicht. Ich werde bis Weihnachten hier sein. Ich gehe nirgendwo hin bis nach Neujahr, aber ich muss zurück nach Kalifornien und einige lose Enden verknüpfen. Also, glaubt ihr, wir müssen uns wegen diesem Typen Sorgen machen?«, fragte er und wechselte schnell zu einem anderen Thema.

Natürlich hatte ich Liam und Gabriel in dem Moment, als ich wieder im Auto gelandet war, über alles informiert, was während meines kurzen Aufenthalts in dem Haus in Salem passiert war. Ich zuckte mit den Schultern und lehnte mich von Liam weg, um mein Weinglas vom Couchtisch zu nehmen. »Ich weiß nicht. Ich meine, dieser Mann hat mich jetzt gesehen, also gibt es das. Aber ich weiß nicht, wie problematisch das ist oder ob er mich tatsächlich gut gesehen hat. Ich war schon auf dem Weg nach draußen, als er die

Schranktür öffnete. Ich hatte genug Zeit, sein Gesicht zu sehen, und das war's eigentlich.«

»Würdest du ihn identifizieren können, wenn du ihn wiedersehen würdest?«, fragte Gabriel.

»Oh, definitiv. Ich habe sein Gesicht gut gesehen. Den anderen Mann bei ihm konnte ich allerdings überhaupt nicht sehen. Wir müssen mit allen anderen reden. Ich meine, wenn sie Magie stehlen können, *sind* sie mächtig.«

Mein Bruder lehnte den Kopf zurück und stöhnte. »Ich weiß.«

Ich hatte auf dem Heimweg meine Mutter angerufen und ihr Bericht erstattet, der sich vermutlich bereits wie ein Lauffeuer unter unseren Familien verbreitet hatte. Wir waren erst spät nach Hause gekommen, weit nach neun Uhr abends. »Wie gesagt, Mama möchte, dass ich morgen früh vor der Arbeit im Laden zum Kaffee vorbeikomme.«

»Nun, ich werde online etwas Magie wirken und sehen, was ich über den einen Namen, den wir haben, herausfinden kann. Vielleicht kann ich herausfinden, mit wem er zusammenarbeitet«, antwortete Gabriel.

»Das wäre gut«, kommentierte Liam.

Das Gespräch wandte sich leichteren Themen zu, und ich döste hier und da ein, nickte an Liams Schulter ein. Als ich später aufwachte, trug er mich die Treppe hinauf ins Bett.

»Ich bin froh, dass Gabriel nach Hause kommt«, murmelte ich gegen seine Schulter.

Sein leises Lachen vibrierte an meinem Ohr. »Das ist eine gute Sache, aber ich bin viel glücklicher, dass du zu Hause bist.«

Dann legte er mich auf das Bett und zog die kühlen Laken über mich.

———

Am nächsten Morgen wachten wir auf und sahen frischen Schnee auf dem Boden. Die Landschaft sah magisch aus, eingehüllt von dem Schneesturm nach Thanksgiving, und dann gab der Schnee von letzter Nacht ihr ein weiches, flauschiges Aussehen, das sich bis zum Ozean erstreckte, bevor der Boden hinter der Klippe abfiel.

Ghost hatte heute Morgen nicht viel Zeit draußen verbracht. Nach dem großen Schnee letzte Woche hatte er sogar seine Spaziergänge entlang der Klippe aufgegeben. Auf dem Weg zum Frühstück im Haus meiner Eltern liefen Liam und ich in unseren Stiefeln durch den Schnee. Ich konnte nicht widerstehen, in den leichten Flaum zu treten und zuzusehen, wie Flocken in der Luft wirbelten und in der Sonne glitzerten.

Gabriel übernachtete für diesen Besuch im alten Gärtnerhäuschen. Obwohl ich ihn gestern Abend, als ich halb eingeschlafen war, Liam hatte fragen hören, ob Liam offiziell bei mir einziehen würde. Gabriel besaß ein Stück Land, das an diesen Teil des Grundstücks unserer Familie grenzte, aber es stand nichts darauf. Er hatte seinen Plan erklärt, in den nächsten Jahren etwas zu bauen. In der Zwischenzeit konnte ich mir vorstellen, dass er das Hausmeisterhäuschen, das Liam gemietet hatte, dem Gärtnerhäuschen vorziehen würde. Es war geräumiger und modernisiert. Wenn Liam Gabriel seinen Plan mitgeteilt hatte, konnte ich mich nicht daran erinnern. Er war sowieso so gut wie bei mir eingezogen.

Liam hielt meine behandschuhte Hand, während wir gingen, obwohl er sich nicht mit Handschuhen bemüht hatte. Die immergrünen Bäume waren mit Schnee bestäubt, die Luft war frisch und beißend, und der Himmel war strahlend blau, als die aufgehende Sonne über den Baumwipfeln glitzerte. Der Morgen fühlte sich magisch an. Angesichts der etwas stressigen Ereignisse von gestern nahm ich das als ein gutes Zeichen.

Meine Mutter hatte Kaffee gekocht und bereitete French Toast zu, als wir ankamen. Mit unserem französischen Erbe waren wir stolz darauf, erstaunliche Köche zu sein. Der French Toast meiner Mutter war kein gewöhnlicher French Toast. Sie machte das Brot selbst und stellte eine würzige Mischung aus Kardamom, Zimt und Zucker her, die einfach göttlich war.

Nicht viel später knabberte ich an einem Stück Speck, während ich zusah, wie Liam seine zweite Portion French Toast verschlang. Obwohl ich sicher war, dass meine Eltern ungeduldig waren, von unserer gestrigen Reise zu hören, besonders nach meinem Bericht über gestohlene Magie, hatte das Essen Vorrang. Erst nachdem Liam seine Gabel niedergelegt und einen langen Schluck von seinem Kaffee genommen hatte, legte mein Vater seine Zeitung beiseite und blickte zu meiner Mutter.

»Okay, Liebling, was hat es mit dieser gestohlenen Magie auf sich?«, fragte sie.

Ich fasste schnell zusammen, was ich gehört hatte, und beobachtete, wie sich die Augen meiner Mutter weiteten und die meines Vaters verengten.

»Ich bin *so* froh, dass du rechtzeitig dort rausgekommen bist. Danke, dass du zugestimmt hast, deinen Bruder und Liam mitzunehmen. Wenn du viel weiter hättest reisen müssen, hättest du vielleicht nicht so schnell wegkommen können.«

Sie bezog sich auf die Tatsache, dass je weiter ich versuchte, mich mit dem Zauber zu transportieren, desto länger dauerte es, bis der Zauber wirkte. Sie hatte völlig recht. Nur weil ich wusste, dass es sie zufriedenstellte, wenn ich es sagte, tat ich es. »Du hast absolut recht, Mama. Ich bin froh, dass sie bei mir waren.«

Ich spürte Liams Blick auf mir. Unfähig, dem Drang zu widerstehen, in seine Richtung zu schauen, hätte ich fast losgelacht, als ich den schelmischen Glanz in seinen Augen sah. Er kannte mich gut und wusste, dass ich meiner Mutter schmeichelte. Es machte mir nichts aus. Ich liebte sie, und wenn es sie glücklich machte, wenn ich ihr sagte, dass sie recht hatte, würde ich das gerne tun. Es gab auch die einfache Tatsache, dass sie recht hatte, also gab es keinen Grund, zurückzuhalten.

Mein Vater war für ein paar Takte still und nahm mehrere Schlucke von seinem Kaffee, bevor er sprach. »Nun, ein Paar Hexenmeister, die genug Macht haben, um Magie aus einem jahrhundertealten Zauber zu stehlen, hätten sicherlich auch genug Macht, um einen Verhüllungszauber zu wirken.«

»Wir hätten die Familien in Salem besser im Auge behalten sollen. Ich glaube, wir haben es uns hier zu bequem gemacht«, sorgte sich meine Mutter.

Mein Vater zuckte mit den Schultern, unbeeindruckt. »Wie sollen wir sie im Auge behalten? Wir wissen, wer sie sind, aber es ist nicht so, als könnten wir sie anrufen und fragen, ob sie an ihrer Magie arbeiten und was über die Generationen hinweg passiert. Hier in Charm Cove gibt es viel mehr Macht als in Salem. Aber offensichtlich haben einige Familien ihre Kräfte geschärft. Es ist mir eigentlich egal, dass sie die Magie aus dem Leuchtturm gestohlen haben. Wir können den Zauber neu wirken. Wir verlieren weder die Kraft noch den Zauber. Sie gewinnen ihn einfach zur Benutzung. Die relevante Frage ist warum?«

»Genau«, sagte meine Mutter entschlossen. »Warum?«

KAPITEL SIEBZEHN

Am nächsten Tag war ich in Anträgen für den Kunst- und Handwerkermarkt des Charm Fests vergraben. Praktischerweise schaffte ich es, zwischen Kunden hindurch sie an der Ladentheke durchzuarbeiten. Bis zur Mittagszeit hatte ich die Auswahl auf etwa sechzig Bewerber eingegrenzt und beabsichtigte, Emma bei der Entscheidung über die letzten zehn zu streichenden Kandidaten einzubeziehen. Ich wusste das vorher nicht über mich, aber offenbar mochte ich es nicht, jemandem *nein* zu sagen, besonders nicht, wenn es um die geliebten Kunstwerke einer Person ging.

Bei dem Versuch, sachlich zu bleiben, konzentrierte ich mich darauf, ein Gleichgewicht an Artikeln für die Messe zu haben. Das machte das Neinsagen etwas einfacher. Wir konnten nur so viele Töpfereiausstellungen haben.

Ich kassierte gerade einen Kunden ab, als etwas außerhalb des Ladens meine Aufmerksamkeit erregte. Als ich aus den Fenstern blickte, sah ich das Gesicht des Mannes, den ich gesehen hatte, kurz bevor ich aus dem Schrank in Salem herausreiste.

Oh, verdammt.

Der Mann schien keine Angst vor mir zu haben. Für viele Menschen – insbesondere die Teile der Bevölkerung, die nicht wussten, dass wahre Magie existierte und Hexen und Zauberer frei durch die Welt wandelten – könnte es erschreckend sein, jemanden in einem Tunnel aus Rauch und Glitzer verschwinden zu sehen.

Dieser Mann war von seinem letzten Anblick von mir unbeeindruckt. Tatsächlich stand er einfach da und starrte mich an. Unsere Weihnachtsdekoration war erst zur Hälfte aufgebaut, und die Zwillinge planten, die Schaufensterdekorationen heute Nachmittag fertigzustellen. Sie hatten einen Riesenspaß daran, Feenschnee zu erschaffen, der in der Luft funkelte, ein Zauber, den sie perfektioniert hatten.

»Entschuldigung?« fragte die Frau, die darauf wartete, dass ich ihr das Wechselgeld gab.

Abgelenkt riss ich meinen Blick von dem Mann am Fenster los und sah sie wieder an. »Tut mir leid. Hier, bitte«, sagte ich, während ich schnell ihr Wechselgeld abzählte und es ihr gab.

Nachdem sie es in ihre Geldbörse gesteckt hatte, lächelte sie und ging. Ich schaute wieder aus dem Fenster, nur um festzustellen, dass der Mann verschwunden war. Ich schrieb sofort Liam eine SMS und rief dann meine Mutter an.

»Ja, Liebes«, sagte meine Mutter.

»Der Mann, den ich im Schrank gesehen habe, war gerade vor dem Laden«, sagte ich zur Begrüßung und übersprang jede Höflichkeit.

»Bist du sicher?«

»Absolut. Ich habe sein Gesicht genau gesehen, bevor ich gereist bin. Es besteht kein Zweifel.«

»In Ordnung, ich werde die anderen anrufen, und wir werden alle nach ihm Ausschau halten. Ich werde jetzt mit Gabriel sprechen. Er hatte vor, mehr online zu recherchieren, und vielleicht kann er uns ein Foto besorgen. Du hast uns eine Beschreibung gegeben, aber ein Foto wäre hilfreich, damit wir wissen, nach wem wir suchen.«

»Klingt gut. In der Zwischenzeit kann ich den Laden nicht verlassen, bis die Zwillinge hier sind. Ich bin mir nicht sicher, ob ich mich wohl dabei fühle, sie heute Nachmittag allein hier zu lassen, nicht mit diesem Mann in der Nähe.«

»Ich werde Gabriel anrufen, und du rufst Emma an, damit sie heute

Nachmittag herkommt. Je mehr, desto besser«, sagte meine Mutter schnell.

Sie legte auf, und ich schaute mich im Laden um und wünschte, ich könnte einfach gehen. Ich wollte diesem Mann folgen, obwohl ich wusste, dass das nicht besonders klug war. Wir brauchten einen Plan. Ich begann damit, Emma eine Nachricht mit einem Update zu schicken und sie zu fragen, ob sie in den Laden kommen könnte.

Ein paar weitere Kunden kamen herein, schlenderten durch die Auslagen und stellten Fragen zu Geschenken. In der Zwischenzeit juckten mir fast die Finger und mein Rückgrat kribbelte. Ich wollte diesen Mann finden. Am besten jetzt sofort.

Als die Glocke über der Tür wieder klingelte, schaute ich reflexartig hinüber und war erleichtert, Beatrice Powers zu sehen. Sie schien nicht zum Einkaufen hier zu sein. Nachdem sie ihren Blick schnell durch den Laden schweifen ließ, steuerte sie direkt auf mich an der Theke zu.

»Deine Mutter hat mich angerufen«, sagte sie ohne Umschweife. »Sag mir, wie er aussieht und was er trägt. Ich werde ein bisschen herumlaufen. Normalerweise erledige ich das am Morgen, aber es ist die perfekte Tarnung, um überall hinzugehen, wo ich will. Außerdem habe ich einige Neuigkeiten über Amys Freund, unseren Elektriker-Freund.«

»Was denn?«

»Nun, anscheinend ist er mit einem der Ermittler der Küstenwache befreundet. Bis jetzt haben wir diese Verbindung nicht hergestellt. Der betreffende Ermittler ist ein Zauberer. Das ist alles, was ich weiß. Gib das an diejenigen weiter, von denen du denkst, dass sie es wissen müssen. Sag mir jetzt, nach wem ich suchen muss.«

Ich gab Beatrice schnell eine Beschreibung des Mannes, und sie eilte davon. Sie trug bereits das, was ich als ihre Geh-Uniform betrachtete – eng anliegende Fleecehose und -jacke. Ich stellte mir vor, dass sie, sobald sie in Schwung kam, perfekt warm bleiben würde.

Liam hatte in der Zwischenzeit auf meine SMS geantwortet und gefragt, ob ich wollte, dass er zum Laden kommt. Ich ließ ihn wissen, dass es vorerst nicht nötig sei.

Emma kam Minuten später an. »Hey«, sagte sie mit einer Welle, als sie durch die Tür eilte. Sie raste an mir vorbei hinter die Theke und ging nach hinten, um ihre Handtasche und Jacke abzulegen. Sobald sie sich mir an der Theke anschloss, fuhr sie fort: »Ich bleibe den ganzen Nachmittag, wenn du möchtest. Willst du jetzt gehen?«

»Ich denke, es ist besser, wenn ich hierbleibe. Beatrice macht einen zusätzlichen Spaziergang, um zu sehen, ob sie den Kerl finden kann. Ich muss allerdings einen Schutzzauber auf die Hintertür legen. Er wird alle Hexen und Zauberer fernhalten, es sei denn, wir laden sie ein.«

»Klingt nach einem Plan.«

Nachdem ich mich darum gekümmert hatte, blieben Emma und ich beschäftigt, bis die Zwillinge nach der Schule ankamen. Wir ließen sie an den Auslagen arbeiten, während wir uns weiterhin um die Kunden kümmerten. Sie *liebten* es, an den Schaufensterdekorationen zu arbeiten. Emma half mir, die letzten Bewerbungen für den Kunst- und Handwerksmarkt einzugrenzen.

Später am Nachmittag eilte ich auf einer Kaffeemission über den Stadtplatz. Als ich durch die Tür von Magic Beans stürmte, stieß ich fast mit Liam zusammen, der auf dem Weg nach draußen war.

Er hielt ein Tablett mit drei Kaffees hoch und blitzte ein schnelles Grinsen auf. »Ich war gerade dabei, diese für dich und Emma rüberzubringen«, sagte er zur Begrüßung.

Ich trat zurück und erwiderte sein Lächeln. »Nun, ich schätze, du bist jetzt ein Gedankenleser. Ich war hier, um uns Kaffee zu holen.«

Er hielt die Tür offen, als ich mich umdrehte, und wir gingen zusammen hinaus.

Während wir über den Platz liefen, bildete sich Nebel aus unserem Atem in der kalten Winterluft.

»Irgendwelche Neuigkeiten?« fragte Liam.

»Nichts. Und bei dir?«

Ich scannte die mit Einkäufern gefüllten Straßen der Innenstadt und suchte reflexartig nach dem Mann aus Salem. Obwohl ich keine Ahnung hatte, was ich tun würde, wenn ich ihn sähe.

»Nur dass dein Bruder laut deiner Mutter diesen Mann online aufgespürt und ein Foto weitergeleitet hat.«

»Wer ist es?«

»Samuel Parker. Er ist der Besitzer dieses Hauses in Salem, und er stammt definitiv von einem Zauberer ab.«

Ich dachte darüber nach und schaute zu Liam hoch. »Ich wünschte, wir könnten alle Teile zusammenfügen. Ich weiß aus dem Gespräch, das ich belauscht habe, dass sie den Leuchtturmzauber gestohlen haben, aber ich weiß nicht warum. Und was hat das mit dem Schiffsunglück und dem Tarnzauber zu tun?«

Liam war für ein paar Schläge still und hielt mit mir auf dem Gehweg an, während wir darauf warteten, dass einige Autos vorbeifuhren, damit wir die Straße überqueren konnten. »Sobald wir das herausfinden, wird alles gelöst sein. Es könnte so einfach sein wie ein Machtspiel. Vielleicht machen wir es zu kompliziert.«

Ich hielt Liams Blick stand, verzog meinen Mund zur Seite und zuckte mit den Schultern. »Es gibt andere Wege, an Macht zu kommen, als ein Schiff zu versenken und einen Leuchtturmzauber zu stehlen. Das sind ziemlich spezifische Dinge, die man tun kann. Ich habe das Gefühl, dass uns etwas entgeht.«

Liams blauer Blick glitt über mein Gesicht, und dann streckte er die Hand aus und strich eine lose Haarsträhne weg, die mir der Wind wild über die Stirn geweht hatte. »Uns fehlt *tatsächlich* etwas, aber wir werden es herausfinden. Irgendwann.«

Daraufhin schloss er seine Hand um meine und schaute in beide Richtungen, bevor er vom Gehweg trat. Als wir in den Laden gingen, quietschte Emma, als sie den Kaffee sah.

»Oh mein Gott! Du bist ein Gedankenleser. Ihr zwei seid wirklich füreinander bestimmt«, verkündete sie.

Sie zwinkerte verschmitzt und grinste bei ihrem Kommentar, während ich mit den Augen rollte und leicht den Kopf schüttelte. Ich versuchte, nicht darüber nachzudenken, aber ich hatte still gewartet, seit Liam seinen Vorschlag bezüglich der Ringe gemacht hatte. Die Idee hatte mich ungeduldig gemacht, dass er die Frage stellen würde, sozusagen.

Lustig, wie die Dinge so liefen.

KAPITEL ACHTZEHN

An diesem Abend nach Ladenschluss ging ich mit Liam zu einer der frühen Aufführungen des *Nussknackers* in der Highschool. Wie in vielen Kleinstädten hielt Charm Cove seine Gemeinschaft lebendig, indem es die kollektive Energie verschiedener Leidenschaften in Aktivitäten steckte. Beatrice Powers und eine ihrer Freundinnen liebten das Theater und organisierten mehrmals im Jahr Aufführungen. Die jährliche *Nussknacker*-Aufführung war in der Vorweihnachtszeit der Mittelpunkt für Zusammenkünfte, Klatsch und viel Spaß.

Normalerweise gab es drei oder vier Aufführungen pro Woche. Wenn ich zu Hause war, legte ich Wert darauf, jedes Jahr die erste zu besuchen. Wie die Zwillinge war auch ich selbst ein paar Mal im *Nussknacker* aufgetreten. Das Highschool-Theater war voll mit Freunden und Familien.

Vor ein paar Jahren hatten sie die Messlatte höher gelegt, indem sie Essen und Alkohol für die Zuschauer anboten. Das Ergebnis war ein garantiert volles Haus bis Weihnachten. Die Stadt umging die Vorschriften zum Alkoholausschank in der Schule durch eine verstaubte Klausel in der Stadtverordnung. In früheren Zeiten war die Schule einer der zentralen Versammlungsorte der Stadt gewesen, einer der wenigen, wo Stadtfeste stattfinden konnten. Das war auch heute noch so, aber die Stadt war deutlich gewachsen, sodass es Alternativen gab. Damals wurde in der Stadtverordnung festgehalten, dass nach dem Unterricht das Schulgelände für andere Aktivitäten genutzt werden konnte, einschließlich des Ausschanks von Alkohol. Es war eine ziemlich amüsante Situation, aber dennoch praktisch.

Nachdem wir in der Lobby einige Häppchen zu uns genommen hatten, bahnten Liam und ich uns einen Weg durch die Menge, um unsere Plätze bei meinen Eltern, seinen Eltern, Lea und Jacob und einigen anderen Familienmitgliedern zu finden. Die Zwillinge bekamen eine Extra-Portion Zuneigung von allen Erwachsenen, da sie die jüngsten Kinder unter unseren beiden Familien waren.

Mit Liams warmer Hand an meinem unteren Rücken führte er mich zu zwei für uns reservierten Plätzen. Als ich mich setzte, stellte ich erfreut fest, dass die Sitze noch die umklappbaren Ablagetische hatten. Ich stellte meinen Wein ab, beugte mich vor, um meiner Mutter einen Kuss auf die Wange zu geben, und begrüßte alle. Nach dem Gemurmel der Begrüßungen brachte Tante Lea alle mit einer Handbewegung zum Schweigen.

»Also, soweit wir wissen, hat niemand diesen Mann gesehen, seit er durch das Fenster des Ladens geschaut hat. Ich kann nicht glauben, dass er die Nerven dazu hatte«, schnaubte sie. Sie lehnte sich in ihrem Sitz zurück, richtete ihren Rock und nahm einen langen Schluck Wein.

Liam lehnte sich zurück und legte seinen Arm um meine Schultern. Jemand anderes kam vorbei und grüßte uns, was das Thema ablenkte, als meine Mutter anfing zu plaudern.

Als Liam sprach, war seine Stimme nur für meine Ohren bestimmt. »Es würde mich nicht überraschen, wenn wir ihn hier sehen. Ich habe sein Bild gesehen, aber sag mir Bescheid, wenn du ihn siehst.«

Ich schaute auf. »Glaubst du, er hätte den Mut, hierher zu kommen?«

Liam nickte fast unmerklich. »Natürlich. Es ist voll hier. Wenn er einen guten Blick auf die Hexen und Hexer werfen will, mit denen er es möglicherweise zu tun hat, könnte er davon ausgehen, dass viele von uns hier sein würden.«

Angst brodelte in meinem Bauch, aber ich zwang mich, nicht daran zu denken. Ich wollte nicht, dass das über uns hängt. Nicht hier und nicht jetzt.

Die Lichter wurden gedimmt und die Show begann. Die Zwillinge hatten Ensemble-Tanzrollen und waren natürlich bezaubernd. Wahrscheinlich hätten nur die Hexen und Hexer, von denen es reichlich im Publikum gab, bemerkt, dass der lavendel- und rosafarbene Schimmer in der Luft, wann immer sie tanzten, vermutlich von ihnen ausging.

Ich unterdrückte ein Lachen, als ich es sah. »Sie können einfach nicht anders«, murmelte ich zu Liam.

Als er meine Schulter drückte, genoss ich das Gefühl. Nicht dass ich noch Zweifel daran hatte, nach Charm Cove zurückzukehren. Alle Zweifel waren verflogen. Selbst die Bedrohung durch den unbekannten Mann konnte die Freude, hier zu sein, nicht trüben.

Kleinstädte hatten ihre eigene Magie, eine Magie, die existierte, ob es nun Hexen und Hexer gab oder nicht. Es waren besondere Orte, und in Momenten wie diesen spürte man die kollektive Verbundenheit in der Gemeinschaft und die lustigen, skurrilen Persönlichkeiten der Jugendlichen, die aus allen Nähten platzten.

Als der Vorhang fiel, gab es einen Moment des Gemurmels, bevor er sich wieder hob und die Lichter angingen. Liam beugte sich vor, um einen Kuss auf meine Halsseite zu drücken, und Gänsehaut jagte an meiner Körperseite hinunter in der Folge seiner Berührung. Als er seinen Kopf hob, lächelte ich, bevor eine Bewegung meine Aufmerksamkeit erregte. Da sah ich den mysteriösen Mann wieder.

»Liam«, flüsterte ich schnell.

Er sah nach unten und folgte sofort meinem Blick. Er wartete nicht einmal. »Bin gleich zurück.«

Dann stand er auf und bewegte sich schnell durch die Menschen, während das Publikum klatschte und die Darsteller auf der Bühne sich verbeugten. Ich eilte Liam nach und hörte, wie einige andere aus unserer Gruppe mir folgten. Ich vermutete, sie hatten mitbekommen, dass ich den Mann gesehen hatte.

Der Mann war gerade groß genug, um über die Menge hinweg gesehen zu werden. Ich sah, wie sein Blick über das Publikum schweifte. Liam war ihm dicht auf den Fersen, als der Mann sich umdrehte und zügig durch die Menge schritt. Ich wollte schreien, aber ich wusste, dass das in dieser Menge definitiv *nicht* hilfreich sein würde.

Innerhalb von Sekunden, die sich wie Stunden anfühlten, drängten wir uns durch eine Seitentür in einen Lagerraum hinter dem Theater. Adrenalin strömte durch meine Adern, als ich den dunklen Flur entlang eilte. Liam war vor mir, und ich sah, wie er ausholte, um den Mann am Arm zu packen.

Für einen Moment dachte ich, wir hätten ihn tatsächlich. Genau da schleuderte der Mann seinen Arm nach vorne und richtete einen Zauberstab in meine Richtung. In einem Blitz gab es einen blendenden Lichtstrahl. Liam hatte sich umgedreht und schnell einen Blockier-zauber gewirkt.

Der Mann fluchte und stolperte, bevor er sich umdrehte und durch die Hintertür rannte, genau als einige andere durch die Seitentür in den Flur stürmten – mein Vater, meine Mutter, Jacob und Lea. Das Licht des Zaubers, den Liam gewirkt hatte, begann gerade zu verblassen.

Jacob sah Liam direkt an. »Welchen Zauber musstest du blocken?«, fragte er.

Liams Augen waren dunkel, Wut ging in Wellen von ihm aus. Mein Vater drängte sich an ihnen vorbei zu der Hintertür, die im Wind schwang und kalte Luft aus der dunklen Nacht hereinließ.

»Ich weiß es nicht«, antwortete Liam, während sein Blick zu mir und wieder zu Jacob huschte. »Er hatte einen Zauberstab direkt auf Moira gerichtet, also habe ich nicht gewartet, um zu sehen, was es war. Ich habe es einfach geblockt.«

Ohne sich von der Stelle zu bewegen, schloss Jacob die Augen und hob die Hände. Mit den verbleibenden Effekten von Liams Blockier-zauber und Jacobs Spürzauber fühlte sich die Luft schwer an, fast elek-trisiert.

Nach einem Moment öffnete Jacob die Augen, gerade als mein Vater von draußen zurückkam und den Kopf schüttelte. »Er ist längst weg.«

»Er hat einen Stehl-Zauber gewirkt. Wolltest du nicht gerade reisen?«, fragte Jacob mich.

Ich schüttelte den Kopf. »Nein. Ist es möglich, dass jemand den

Zauber einer anderen Person stehlen kann, auch wenn die Person ihn nicht benutzt?«, stellte ich die nächste logische Frage.

Opal antwortete, als sie zu der Versammlung stieß: »Es ist möglich, aber selten. Du würdest die Kraft nicht verlieren, aber er würde sie gewinnen.«

Wir alle standen da, das kollektive Gefühl der Frustration hing in der Luft.

KAPITEL NEUNZEHN

»Bitte sehr«, sagte ich und überreichte einer Kundin eine festliche Tüte.

»Vielen Dank!«, antwortete die Frau mit einem Lächeln, als sie sich umdrehte.

Die Glocke über der Tür bimmelte, als sie hinausging, wobei eine Schneeböe und Alice Good hereinkamen, als die Frau ging.

Alice schüttelte den Schnee von ihrem Mantel und klopfte mit den Füßen auf der Matte im Eingang, während sie sich im Laden umsah. Wir waren beschäftigt, aber das waren wir um diese Jahreszeit immer. Die Zwillinge liefen herum und unterhielten sich mit den Kunden, während ich an der Theke stand.

Liams Mutter war wunderschön. Obwohl das angesichts von Liams gutem Aussehen eigentlich zu erwarten war. Er hatte seine dunklen Haare von ihr und seine auffälligen blauen Augen von seinem Vater.

Alice lächelte, als sie sich der Theke näherte. »Hallo, Moira, wie geht es Ihnen heute Nachmittag?«

»Beschäftigt, aber das ist nichts Neues«, antwortete ich. »Und selbst?«

»Ganz gut. Danke.«

»Was führt Sie heute hierher? Suchen Sie nach Geschenken oder vielleicht nach Heilmitteln?«

Alice lächelte wieder und blickte in die Vitrine. »Nun, ich bin hier, um mir die Ringe anzusehen. Ich möchte einen für Juliette kaufen. Ich hatte gehofft...«, ihre Worte verstummten, während sie die Vitrine musterte, »auf einen Saphir, und Sie haben einen. Perfekt. Diesen da«, sagte sie und tippte mit dem Finger auf das Glas.

Ich öffnete die Türen an der Rückseite der Vitrine, griff hinein und holte ihn für sie heraus. Als ich ihn ihr reichte, fragte ich: »Sind Sie sicher, dass es dieser sein soll?«

»Definitiv. Ich möchte einen, der zu ihren Augen passt, und dieser Saphir tut das.«

Alice blickte mit ihren dunkelbraunen Augen zu mir auf. »Ich nehme an, es ist ein leichter Zauber darauf?«, fragte sie mit einem Hauch von Unsicherheit in ihrer Stimme.

»Natürlich, nur ein Hauch von Stimmungsaufheller. Sie können für Juliette hinzufügen, was Sie möchten. Soll ich das einpacken?«

»Bitte«, antwortete Alice, gerade als sich ein weiterer Kunde der Theke näherte. Sie trat schnell zur Seite. »Gehen Sie ruhig vor, ich warte.«

Ich legte den Ring in seiner kleinen Schachtel auf die Theke, die hinter der Kasse entlanglief, und drehte mich wieder um, um mich um den Kunden zu kümmern. Nachdem ich der Frau einen Zauberstab mit absolut keiner Ladung und einen *Liebe findet ihren Weg*-Trank verkauft hatte, wandte ich mich wieder Alice zu. »Geben Sie mir nur eine Minute, um ihn für Sie einzupacken.«

Auf ihr Nicken hin schlüpfte ich durch den Vorhang nach hinten, schnappte mir Geschenkpapier und Schleife und kehrte nach vorne zurück. Während ich den Ring einpackte, trat Alice an die Seite der Theke.

»Keine Nachwirkungen von dem versuchten Zauber gestern Abend?«, fragte sie beiläufig. Man hätte denken können, sie erkundige sich nach dem Wetter.

Obwohl sie erst nach Ende des Ganzen nach hinten gerannt war, wusste Alice offensichtlich, was passiert war.

»Gar nichts. Ich wünschte nur, wir hätten ihn gestern Abend

fangen können. Ich weiß, dass er Hilfe von diesem anderen Mann bekommt. Ich möchte wissen, was sie tun und warum.«

»Das wollen wir doch alle, oder?«, sinnierte Alice, während ich das Papier um die Schachtel faltete. »Ich habe ein bisschen mehr in der Geschichte nachgeforscht, und ich bin mehr denn je überzeugt, dass wir das auf die Familie zurückführen werden, die versucht hat, das Leuchtturmgrundstück zu kaufen, als die Fehde auf ihrem Höhepunkt war. Ich werde morgen nach Salem fahren. Ich habe dort eine Freundin, der ich vertraue. Vielleicht kann sie mir etwas mehr Informationen über die Geschichte der Familien geben, die in der Gegend geblieben sind und weggegangen sind. Wir haben hier eine ziemlich gute Geschichte, aber wir sind weggegangen, also blieben wir nicht in engem Kontakt mit vielen der Familien. Ich könnte in der Lage sein, die Verbindungen herzustellen.«

Nachdem ich die Schleife um die Schachtel gebunden hatte, steckte ich Alice's Einkauf in eine kleine Geschenktüte und reichte sie ihr. »Das wäre sicherlich hilfreich. Sind Sie sicher, dass Sie allein gehen wollen? Sie wissen, wer ich bin, und nach gestern Abend bin ich sicher, dass sie auch die anderen Punkte verbinden können.«

Alice lächelte sanft. »Natürlich gehe ich nicht allein. Liams Vater ist genauso beschützend wie Liam, und er hat bereits darauf bestanden, mich zu begleiten. Kein Grund zur Sorge.« Alice hielt inne, ihr warmer Blick auf mir, während ich sie abkassierte. »Apropos Liam, es scheint, als ob die Dinge zwischen euch ziemlich gut laufen.«

Ich kaufte ihr diese beiläufige, entspannte Frage nicht ab. Ich wusste es besser. Alice war besonnen und höflich, aber ich zweifelte nicht daran, dass sie wusste, dass Opal die Ringe an Liam weitergegeben hatte. Ich würde dieses Gespräch jetzt nicht unter die Oberfläche gehen lassen.

Ich lächelte einfach und nickte. »Ja, das tun sie. Übrigens, Ihr Gesamtbetrag ist...«

Alice kicherte, ließ das Thema aber ruhen. Sie verließ den Laden, wobei in ihrem Kielwasser eine Schneeböe hereinwehte. Es schneite draußen stark genug, dass ich überlegte, ob wir früher schließen sollten. Doch dies war Maine, und Schnee verlangsamte die Welt hier selten. Mir recht gebend, hielt der Kundenstrom bis zur Schließzeit an. Ich packte Celia und Delia in mein Auto und fuhr sie durch die einsetzende Dunkelheit nach Hause, wobei die Scheinwerfer den fallenden Schnee quer über die Straße zum Glitzern brachten.

Wir wachten am nächsten Tag zu einer schneebedeckten Landschaft auf. Wir hatten in der Nacht einen Fuß oder mehr Schnee bekommen. Die Fliegengittertür zog eine Spur im Schnee, als ich sie öffnete und auf die überdachte Veranda im hinteren Teil des Hauses trat. Als ich in den Garten schaute, nahm ich eine verschwommene Bewegung wahr. Ghost war so weiß, dass er fast mit der Umgebung verschmolz, doch sein Spurt zur Veranda verriet ihn.

Er raste an mir vorbei, und mir wurde klar, dass ich nicht an die Pflege seiner Katzentür im Winter gedacht hatte. Die Katzentür, die Liam installiert hatte, befand sich auf der Innenseite der Veranda und war in eines der Fenster eingebaut. Wir verließen uns darauf, dass er selbstständig durch die Fliegengittertür ein- und ausgehen konnte. Er hatte offensichtlich keine Probleme beim Hinausgehen gehabt, aber das Zurückkommen war nicht so einfach. Der Schnee hatte seine Rückkehr offensichtlich behindert.

Ich entdeckte, dass Ghosts wilde Streifzüge im Freien mit dem kalten Wetter deutlich nachließen. Er war eindeutig eine Katze, die ihren Komfort genoss. Er liebte es, wenn Liam ein Feuer im Kamin entzündete, und döste oft davor. Tagsüber schlief er in Sonnenflecken, die durch die Fenster fielen.

Ich zog einen der Blumenkästen aus der Ecke der Terrasse, während ich in meinen Hausschuhen durch den Schnee stampfte, und stellte die Tür für Ghost auf, damit er frei ein- und ausgehen konnte. In der Türöffnung stehend schaute ich über den Garten, der nur aus Schnee bestand. Die Sonne ging auf, ihre Strahlen glitzerten über dem Schnee. Der Atlantische Ozean erstreckte sich in der Ferne, wobei die Sonne Funken auf seiner Oberfläche schlug, als die Wellen an die Küste brandeten.

Ich spürte, wie Liam hinter mich trat. »Guten Morgen«, sagte ich.

Er fuhr mit einer Hand durch sein zerzaustes Haar und blitzte mich mit einem leicht verschlafenen Grinsen an, als er an meine Seite trat. »Morgen«, murmelte er, senkte den Kopf und gab mir einen Kuss auf die Wange, wobei er ein leichtes Kribbeln hinterließ, wo seine Lippen mich berührt hatten.

Unser Atem bildete Nebel in der Luft, als wir zusammen standen und in den verschneiten Morgen blickten. »Ich habe Kaffee gekocht«, sagte ich.

»Ich kann es riechen. Du verwöhnst mich.«

Ich lachte leise und sah ihn an. »Ich würde gerne sagen, dass ich es nur für dich getan habe, aber du weißt, wie sehr ich meinen Morgenkaffee liebe.«

Er warf den Kopf zurück und lachte, nahm meine Hand in seine, als ich bei der vom Ozean kommenden Windböe zitterte.

»Komm, lass uns Kaffee trinken.«

Später am Morgen war im Laden noch nicht viel los. Nach dem Kaffee im Kutschenhaus hatte Liam mich in die Stadt gefahren und darauf bestanden, dass es sich für mich nicht lohne zu fahren, weil er mich am Ende des Tages abholen könne. Wir hatten angehalten, um frische Scones bei Magic Beans zu holen. Ich brach ein Stück von meinem Scone ab und genoss den Blaubeergeschmack.

Die Glocke über der Tür klingelte und kündigte die Ankunft eines weiteren Kunden an. Als ich aufblickte, lächelte ich, als ich Beatrice Powers hereinkommen sah. Ich hatte sie schon früher gesehen, als wir in die Stadt fuhren, wie sie energisch mit ihren hartgesottenen Nordic-Walking-Partnerinnen um den Park lief. Sie waren in dieser Jahreszeit nur noch zu dritt.

Sie hatte ihre Wander-Kleidung gewechselt und trug eine schwarze Wollhose, praktische Wanderstiefel und einen knallroten Kurzmantel. Sie zog ihre dazu passenden roten Fäustlinge aus und lächelte mich an, als sie die Theke erreichte.

»Ich liebe es, im Winter hierher zu kommen. Der Geruch von Glühmost ist einer meiner Favoriten. Da du immer hier drin bist, weißt du wahrscheinlich nicht, dass fast jedes andere Geschäft in der Stadt deinem Beispiel gefolgt ist. Natürlich ist Glühmost einfach genug zu machen, aber nur du hast die Melasse-Kekse deiner Mutter«, sagte sie mit einem Grinsen, als sie über die Theke griff und sich einen von dem Teller in der Ecke der Theke nahm.

Ich kicherte. »Glühmost ist sicherlich gut zu haben, wenn es kalt ist. Obwohl ich die Melasse-Kekse liebe, sind sie eine ungesunde Versuchung für mich. Ich muss mich tatsächlich einschränken.«

Beatrice zwinkerte. »Nun, genieß sie, solange du kannst, Liebes.«

»Was führt dich also heute Morgen hierher? Weihnachtseinkäufe?«

Beatrice schüttelte den Kopf. »Nein, Liebes. Ich wollte dir nur mitteilen, dass ich tatsächlich Tee mit Amy Lévesques Tante getrunken habe.«

»Ich hatte vergessen, dass du erwähnt hattest, sie zum Tee einladen zu wollen. Hast du etwas Nützliches erfahren?«

Beatrice nickte. »Ja, das habe ich. Ich werde heute zu Daniel gehen und ihn informieren. Amys Freund, Clint - du weißt schon, der Elektriker?« Als ich nickte, fuhr sie fort: »Abgesehen davon, dass er die Vertragsposition aufgegeben hat, als sie den Vertrag für den Leuchtturm verloren haben, stellt sich heraus, dass er mit Daryl Parker von der Küstenwache befreundet ist. Wenn du mich fragst, ist *das* kein Zufall. Amys Mutter ist besorgt, dass Amy in eine ziemliche Schwierigkeit geraten sein könnte.«

»Warte mal, sein Name ist Daryl Parker?«, fragte ich und erinnerte mich daran, dass Samuel Parker der Mann war, dem das Haus in Salem gehörte und nach dem wir hier gesucht hatten.

Beatrice nickte. »Ja, das habe ich gesagt.«

»Nun, Samuel Parker ist der Name des Mannes, der mich im Schrank gesehen hat.«

Beatrice hob eine Augenbraue und nickte dann langsam. »Nun, nun.«

»Was weiß Amys Tante sonst noch?«, fragte ich.

»Nicht viel mehr, Schätzchen. Amys Mutter ist einer dieser ›Leben und leben lassen‹-Typen. Weißt du, was ich meine?«, fragte sie, ihre Lippen verengten sich, als sie den Kopf schüttelte.

Ich nickte nur und enthielt mich weiterer Kommentare. Es war klar, dass Beatrice kein ›Leben und leben lassen‹-Typ von Mutter war. Ihre Tochter war etwas älter als ich und führte ein nahezu bilderbuchperfektes Leben in einer nahegelegenen Stadt. Sie war mit einem

Hexenmeister verheiratet, mit weißem Gartenzaun und zweieinhalb Kindern. Nun, um genau zu sein, drei Kinder.

»Ist sie besorgt darüber, dass Amys Freund mit dem Mann von der Küstenwache befreundet ist?«

Beatrice nickte. »Ich denke, wir sollten die Augen nach diesem Mann offen halten, und jemand sollte sich die Mühe machen, mit dem Ermittler der Küstenwache zu sprechen. Nathan ist die offensichtliche Wahl. Jetzt, wo wir wissen, dass sie denselben Nachnamen haben, gehe ich davon aus, dass sie verwandt sind.«

Bevor ich den Mund öffnen konnte, um anzubieten, das selbst zu tun, fuhr sie fort: »Ich bin sowieso heute Nachmittag auf dem Weg zum Leuchtturm. Wir treffen uns, um über das erneute Wirken des Zaubers zu diskutieren.«

Sie muss bemerkt haben, dass ich dieses kleine Detail nicht kannte, und zwinkerte. »Ich habe gerade mit deiner Mutter telefoniert. Du verpasst nichts. Da es eine Wicked und eine Good mit ein wenig Hilfe von einem Hexenmeister aus meiner Familie war, denken wir, dass deine Mutter, Lea und ich die Ehre übernehmen können. Wir lassen die Männer außen vor. So wie es ist, werden sie nur versuchen, die Kontrolle zu übernehmen.«

Daraufhin zog sie ihre Fäustlinge wieder an und verließ mit einem Winken den Laden, ohne mir die Chance zu geben, weitere Fragen zu stellen. Beatrice war nichts, wenn nicht effizient.

KAPITEL ZWANZIG

Bevor der Laden schloss, erfuhr ich von meiner Mutter über den Plan für den Leuchtturm Beacon's Charm. Sie wollten es lieber alleine machen, da zu viele Leute dort zu viel Aufmerksamkeit erregen könnten. Lea hatte Hilfe organisiert, um die Verkabelung für die Lichter heute Abend vorübergehend zu installieren. Es gab zufällig einen Cousin in der Familie Good, der nebenbei als Elektriker arbeitete. Der Leuchtturm brauchte immer noch große Reparaturen an der alten Verkabelung, aber sie mussten die Lichtverkabelung zumindest vorübergehend repariert haben. Falls der Zauber funktionieren sollte, hätten sie keine Möglichkeit zu erklären, wie er ohne Strom wieder funktionieren könnte.

Ich informierte meine Mutter über die mögliche Verbindung zwischen Daryl und Samuel Parker. Sie konzentrierte sich auf den Zauberspruch für heute Abend, bat mich aber, die Information weiterzugeben.

Unterdessen würde ich an diesem Abend beschäftigt sein. Ich fuhr zur Highschool, um mich mit mehreren Hexen in meinem Alter zu treffen. Wir bereiteten das Auditorium mit Dekorationen vor und planten für die Parade. Es fühlte sich an, als würde Weihnachten auf uns zurollen, jetzt, da Thanksgiving vorbei war.

Als ich in der Highschool ankam, war der Hauptflur hell erleuchtet, obwohl die Nebenflure dunkel waren. Ich eilte in das Klassenzimmer, in dem wir uns trafen, und fand meine Cousine Emma, Zoe und eine Reihe anderer Freundinnen vor. Ich war begeistert, Liams jüngere Schwester Juliette zu sehen. Wir waren Freundinnen gewesen, als wir jünger waren, hatten uns aber auseinandergelebt, als sie auf eine andere Universität ging und dann Liam und ich Schluss machten.

Juliette sah mich, sobald ich durch die Tür kam. »Moira!«, rief sie, eilte zu mir und zog mich in eine schnelle Umarmung. Ihr schwarzes Haar war mit einer leuchtend blauen Schleife zum Pferdeschwanz gebunden, deren Farbe fast mit ihren Augen übereinstimmte. »Du siehst toll aus. Ich habe Liam gerade erzählt, dass ich gehofft habe, dich heute Abend zu sehen.«

»Hier bin ich«, erwiderte ich, trat zurück und drückte ihre Schultern. »Es ist wirklich schön, dich zu sehen.«

»Gleichfalls. Ich bin so erleichtert, dass du und Liam wieder zusammen seid. Aus *all* den richtigen Gründen«, schwärmte sie.

Ich lachte und zuckte mit den Schultern, wobei ich spürte, wie meine Wangen ein wenig warm wurden. »Hoffen wir, dass es beim zweiten Mal klappt«, antwortete ich.

Wir wurden in die Gruppe der Frauen hineingezogen, von denen einige an Schreibtischen saßen und andere im Raum auf dem Boden verstreut waren. Obwohl ich Teil des Planungskomitees war, bestand meine Hauptaufgabe darin, den Kunsthandwerkermarkt zu organisieren. Ich war nicht für die Paraden verantwortlich. Meine Cousine Emma war für die Festwagen zuständig und bellte nach links und rechts Befehle.

Anscheinend waren die Paradewagen zu einem heiß begehrten Wettbewerb geworden. Daran konnte ich mich aus unserer Jugend nicht erinnern. Als während einer Pause in den verschiedenen Diskussionen eine Gelegenheit kam, blickte ich zu Emma. »Seit wann ist die Parade ein Wettbewerb?«

Emma verdrehte die Augen. »Das fing erst vor ein paar Jahren an. Das lag alles an den Lévesques und den Bishops. Sie gerieten in einen Streit darüber, wer den besseren Festwagen hatte, und beschlossen, dass es ein formeller Wettbewerb sein sollte. Du weißt, wie solche

Dinge laufen, und alle haben einfach fröhlich mitgemacht. Ich glaube nicht, dass das jemals enden wird. Außerdem ist es eine weitere Möglichkeit für die Stadt, eine Menge Geld zu verdienen. Um über den Paradewagen abzustimmen, müssen die Leute einen Stimmzettel kaufen.«

Amber Ouellette zwinkerte. »Es ist nicht ganz demokratisch. Aber was funktioniert, ist richtig, oder?«

Ich war damit beschäftigt, in meinem Tablet detaillierte Notizen darüber zu machen, wer welchen Festwagen geplant hatte, als ich hörte, wie jemand von hinten meinen Namen sagte. Als ich zurückblickte, sah ich Amy Lévesque. Es war nichts Ungewöhnliches daran, dass sie hier war, aber ich spürte, dass sie nicht hier war, um mich nach der Parade zu fragen.

Sie bewies mir, dass ich recht hatte. »Hast du einen Moment Zeit?«, fragte sie.

»Sicher, möchtest du privat reden?«

»Ja, wenn es dir nichts ausmacht.«

Ich schloss die Hülle meines Tablets, stand auf, und wir gingen zur Seite, um uns auf die Tribüne zu setzen.

»Was gibt's?«, fragte ich.

Amy knetete ihre Hände und biss sich auf die Unterlippe. Ich kannte Amy nicht besonders gut, aber ich konnte erkennen, dass sie sich über etwas Sorgen machte. »Ist alles in Ordnung?«

Amy holte tief Luft und ließ sie mit einem Seufzer wieder heraus. »Ich weiß es nicht. Hier ist die Sache, du weißt, dass ich mit Clint Owens zusammen bin, richtig?«

Bei meinem Nicken fuhr sie fort: »Nun, er ist mit einem Zauberer befreundet, der bei der Küstenwache ist. Diese ganze Sache mit dem Leuchtturm wurde von diesem Typen geplant, aber ich weiß nicht warum. Ich dachte, es sei ein praktischer Scherz. Das ist der einzige Grund, warum ich bei all dem mitgemacht habe. Ich habe Clint gesagt, dass er ein Idiot ist, und ich glaube nicht mehr, dass es ein Scherz ist. Ich wollte jemandem etwas sagen, aber ich habe Angst. Ich bin nicht wie du; ich komme nicht aus einer der wirklich mächtigen Familien. Ich weiß nicht, was du mit dieser Information anfangen kannst, aber da hast du sie. Samuel Parker steckt hinter allem.«

»Kannst du mir noch etwas anderes sagen?«, fragte ich, während meine Gedanken kreisten.

Obwohl ich erleichtert war, dass Amy sich entschieden hatte, das zu gestehen, was sie wusste, wusste ich nicht, ob ich ihr vertrauen konnte, dass sie nichts zu Clint sagen würde, wenn ich ihr erzählen würde, was wir über Samuel wussten.

Sie schüttelte den Kopf. »Nein. Als ich anfing, mit Clint auszugehen, und er damit einverstanden war, dass ich eine Hexe bin, nun, das war großartig. Samuel hat ihn irgendwie dazu gebracht, indem er ihm sagte, er würde eine Menge Geld aus dem Auftrag bekommen. Also hat Clint gekündigt, in der Hoffnung, bei jemand anderem eingestellt zu werden.«

»Sag mir genau, wie das passiert ist. Ich meine, wie ist das Boot verunglückt?«

»Nun, Clint kam nach Hause und sagte mir, dass sie diesen praktischen Scherz machen und das Licht im Leuchtturm für ein paar Stunden ausschalten würden. Das ist wirklich alles, was er mir erzählt hat. Es passierte am selben Tag, an dem wir bereits geplant hatten, zur Hütte seiner Familie auf der Insel zu fahren, also dachte ich mir nichts dabei. Er hat mir nicht gesagt, dass wir das Boot beschädigen könnten. Alle Signale auf dem Boot spielten verrückt, nachdem das Licht im Leuchtturm erloschen war. Ich wusste auch nicht, dass sie einen Verhüllungszauber anwenden würden. Das braucht verrückte Kraft«, sagte sie mit weit aufgerissenen Augen.

»Wusste Jared etwas darüber?«, fragte ich, wobei ich mich auf die dritte Person auf dem Boot bezog.

Ich erinnere mich, dass Jared Kräfte hatte und seine Familie schon vor langer Zeit versucht hatte, das Leuchtturmgrundstück zu kaufen. Ich fragte mich, wie er ins größere Puzzle passte.

Amy schüttelte den Kopf. »Er dachte auch, dass es ein Scherz war. Er war sauer, als das Boot verunglückte. Also, was wirst du tun?«

»Ich werde es allen anderen erzählen, und wir werden herausfinden, was zu tun ist. Die Polizei wird einbezogen werden. Wenn du nichts damit zu tun hattest, dass das Licht ausging, sollte es in Ordnung sein. Ich nehme an, die schlimmsten Anklagen wären Vandalismus, aber ich weiß es wirklich nicht. Wo gehst du nach dem hier hin?«, fragte ich.

»Oh, ich bin für die nächsten zwei Stunden hier. Ich habe Amber gesagt, dass ich ihr mit den Schildern für die Parade helfen würde. Wenn es dir nichts ausmacht, würde ich lieber nicht in die Ermittlungen verwickelt werden. Ich habe dir alles gesagt, was ich weiß. Wenn die Polizei mit mir sprechen muss, werde ich mit ihnen sprechen, aber ich möchte nicht in noch mehr Schwierigkeiten geraten, als ich bereits habe, und Clint auch nicht.«

Ich dachte, es sei gut genug, dass Amy mit dem Anfertigen von Schildern beschäftigt sein würde, aber ich war mir nicht sicher, ob ich jetzt bleiben oder gehen sollte. Dies war offensichtlich ein großer Durchbruch, aber es war dunkel draußen, und ich war mir nicht sicher, was wir heute Abend lösen könnten.

Als ich in den Flur trat, rief ich schnell Liam an. Er hatte Abendessen mit seinen Eltern. Als er nicht antwortete, hinterließ ich eine detaillierte Nachricht und bat ihn, mich so bald wie möglich zurückzurufen. Da meine Mutter, Lea und Beatrice derzeit versuchten, den Zauber für den Leuchtturm zu wirken, wollte ich sie nicht unterbrechen.

Statt sie anzurufen, rief ich meinen Vater an. Nachdem ich ihn schnell informiert hatte, sagte er mir, ich solle hierbleiben, und dass er und Jacob Daniel auf der Polizeiwache anrufen würden. Er wies darauf hin, dass es am besten wäre, wenn wir keinen Verdacht erregen würden. Wenn ich heute Abend früh von hier weggehen würde, wäre das definitiv der Fall. Niemand hatte Samuel Parker seit der Aufführung von *Der Nussknacker* gesehen. Jetzt, wo wir wussten, dass er möglicherweise mit Daryl Parker verwandt war, mussten wir unsere Karten klug ausspielen.

»Wenn wir schon dabei sind, werde ich auch Nathan anrufen, aber er wird heute Abend nicht am Zauberwirken beteiligt sein. In der Zwischenzeit lass es mich wissen, wenn du etwas Neues erfährst, und ich werde dasselbe tun«, sagte mein Vater.

Damit beendeten wir das Gespräch, und ich versuchte, wieder in die Feiertagsplanungsaktivitäten einzutauchen. Im Laufe des Abends ertappte ich mich dabei, wie ich immer wieder auf mein Handy schaute. Schließlich schrieb mir Liam eine Nachricht, dass er auf dem Weg war, um mich zu treffen.

Ich entschied, dass es zu diesem Zeitpunkt nichts Verdächtiges daran geben würde, wenn ich ginge, also ließ ich Emma wissen, dass ich für heute Abend fertig war, gab Julia noch eine Umarmung, zog meine Jacke an und eilte hinaus. Im Gegensatz zu meiner Ankunft waren jetzt die Lichter in der ganzen Schule gedimmt. Meine Schritte hallten wider, als ich den langen Flur entlangging. Wir hatten uns in einem der Klassenzimmer in der Nähe des Auditoriums getroffen. Ich hielt im Flur an, um meine Augen zu schließen und tief durchzuatmen. Die Schule fühlte sich so vertraut an, und doch war es seltsam, hier in dieser Rolle zu sein.

Ich war jung und unbeschwert als Teenager gewesen. Oh, ich war nicht naiv gewesen. Es war unmöglich, naiv zu sein, wenn man mit dem Bewusstsein um übernatürliche Kräfte und die Art und Weise aufwuchs, wie sie sowohl für das Gute als auch für das Böse eingesetzt werden konnten.

Damals war ich von der Vorstellung meiner *Bestimmung* mit Liam begeistert gewesen, und noch nichts hatte meine Welt bedroht. Erst als ich einige Jahre später eifersüchtig wurde und die Auseinandersetzung mit den kniffligen Strömungen des Lebens als Hexe in unserer Welt satt hatte, versuchte ich, davor wegzulaufen.

Ein Gefühl der Erleichterung und Richtigkeit überkam mich. Ich war froh, dass mich die Winde des Lebens zurück nach Charm Cove geweht hatten. Ob es nun am Zauber lag oder nicht, ich war erleichtert, wieder mit Liam zusammen zu sein.

Ein Kribbeln lief mir den Rücken hoch und brachte mich augenblicklich wieder in die Gegenwart zurück. Das Kribbeln raste über meine Schultern und bis in meine Fingerspitzen, als ich die Augen öffnete. Samuel Parker, genau der Mann, der in der anderen Nacht seinen Zauberstab auf mich gerichtet hatte, kam den Flur entlang auf mich zu. Wieder einmal hatte er seinen Zauberstab herausgeholt und direkt auf mich gerichtet.

Ich drehte mich um, Glitzer und Rauch wirbelten um mich herum, genau in dem Moment, als ich meinen Namen rufen hörte und einen Blick auf Liam erhaschte. Bevor ich mich wegteleportieren konnte, was ich vorgehabt hatte, bevor ich Liam sah, gab es einen fast blendenden silbernen Blitz, und der Mann erstarrte an Ort und Stelle.

Ich ließ den Rauch um mich herum sich auflösen, nachdem ich nur wenige Meter von meinem Ausgangspunkt weg gereist war. Als ich mich zu Liam umdrehte, sah ich, wie ein Ausdruck der Erleichterung über sein Gesicht huschte. Es wurde mir klar, dass es reines Glück war, dass Liam den Flur von hinten betrat, genau in dem Moment, als dieser Mann auf mich zuging.

Angesichts dessen, was wir über Samuel wussten, nahm ich an, dass er versuchte, meine Reisemagie für sich selbst zu stehlen, doch es hätte auch etwas Ernsteres sein können. Es gab auch die offensichtliche Realität, dass wir nicht wollten, dass jemand wie er weiterhin Zaubersprüche für seinen eigenen Gebrauch sammelte. Obwohl es keine formalen Gesetze gab, um Hexen und Zauberer zu regeln, gab es lang etablierte soziale Normen. Zaubersprüche zu stehlen, die nicht aus der eigenen Kraft stammten, wurde stark missbilligt. Es gab Warnungen in alten Texten darüber, wie gestohlene Magie die Macht hatte, sich schließlich gegen den Dieb zu wenden. Es war so selten, dass unbekannt war, ob dies jemals bewiesen wurde.

Liam blieb regungslos, eine Hand erhoben, während er den Mann bewegungsunfähig hielt. Er fing meinen Blick auf. »Ruf wen du willst an, vorzugsweise deinen Vater, Jacob oder meinen Vater. Wir brauchen Hilfe.«

Ich hatte meinen Vater innerhalb einer Sekunde am Telefon. Er berichtete, dass er bereits auf dem Weg nach unten war, weil Nathan vorher angerufen hatte, um zu melden, dass Daryl Parker wieder zum Leuchtturm gekommen war.

Falls wir gehofft hatten, diese Festnahme ruhig zu handhaben, hatten wir kein solches Glück. Ein weiterer Mann kam im hinteren Flur an, ein Mann, den ich nicht erkannte, während Liam Samuel an Ort und Stelle hielt. In diesem Moment stürmte der unbekannte Mann in meine Richtung. Erst da erinnerte ich mich abrupt daran, dass Jacob zwei verwandte Personen gespürt hatte, die den Verhüllungszauber und den Zauber, der den Leuchtturm-Zauber gebrochen hatte, gewirkt hatten. Zufällig kamen die Zwillinge gerade aus dem Planungstreffen im hinteren Teil und zogen ihre rosa und lilafarbenen Kreise um diesen Mann. Sie wussten vielleicht nicht genau, was vor sich ging, aber sie waren schnell.

Als die anderen Frauen begannen, aus der Planungssitzung in den Flur zu strömen, hatten wir eine ziemlich große Menge, als mein Vater, Jacob und Liams Vater eintrafen. Daniel erschien ebenfalls ein paar Minuten später in seiner offiziellen Funktion als Polizeichef.

Am Ende des Abends wurde Samuel wegen versuchter Körperverletzung verhaftet, und der andere Mann, der sich als Daryl Parker herausstellte, wurde verhaftet und wegen Vandalismus für den Schaden am Leuchtturm gebucht. Anscheinend hatte er irgendwie herausgefunden, dass die Hexen planten, den Leuchtturm-Zauber heute Nacht neu zu wirken, und wurde dabei erwischt, wie er in den Leuchtturm einbrach und versuchte, die neu reparierte Verkabelung zu beschädigen.

Alles in allem war es ein ereignisreicher Abend.

———

Später in dieser Nacht schaute ich mich im Wohnzimmer um. Liam saß neben mir auf der Couch, seinen Arm über meine Schulter gelegt, zusammen mit einer ganzen Gruppe von Leuten, die sich mit uns im Raum versammelt hatten. Die gute Nachricht? Der Leuchtturm Beacon's Charm funktionierte wieder.

Obwohl die Bösewichte, sozusagen, gefasst worden waren, wussten wir immer noch nicht den Zweck ihrer Bemühungen. Wir waren alle erleichtert zu erfahren, dass Samuel und Daryl Cousins waren, wenn auch nur, weil es einen gewissen Sinn ergab, warum sie zusammenarbeiteten. Auch hier war Jacobs Voraussicht bei der Identifizierung, dass zwei verwandte Personen den Zauber gewirkt hatten, der den Leuchtturm-Zauber gebrochen hatte, genau richtig. Nicht dass irgendjemand von uns überrascht war.

»Weißt du, ich habe Moira gesagt, dass es nichts weiter als ein Machtspiel sein könnte«, bemerkte Liam und antwortete auf etwas, das Jacob gesagt hatte.

»Ja, aber warum den Leuchtturm ins Visier nehmen?«, sinnierte Alice. »Das ist ein sehr spezifischer Zauber; nichts, was man überhaupt oft benutzen kann.«

Tante Lea nickte fest zustimmend, und Opal stimmte ein. »Genau.

Wer, glaubt ihr, wird am besten in der Lage sein, Daniel dazu zu bringen, sie mit jemandem sprechen zu lassen?«

Ich sah zu meinem Bruder hinüber und hob eine Augenbraue.

»Warum ich?«, fragte Gabriel.

»Weil du nur zu Besuch bist. Daniel wird manchmal ganz schreckhaft und denkt, wir Hexen sind zu neugierig. Obwohl, wenn nicht du, dann wahrscheinlich ich und Liam. Er ist ein bisschen nachsichtiger mit mir, weil ich mit Zoe befreundet bin«, erklärte ich und bezog mich auf seine Frau und meine beste Freundin.

»Warum geht ihr drei nicht morgen zusammen in die Stadt?«, fragte meine Mutter, obwohl es mehr eine Feststellung als eine Frage war.

Ich schlief viel später in dieser Nacht ein und erkannte, dass ich mir zum ersten Mal seit Wochen keine Sorgen mehr darüber machte, was mit Booten passieren könnte, die an Charm Cove vorbeifuhren.

KAPITEL EINUNDZWANZIG

Wenn alles gesagt und getan war, musste niemand mit Daniel reden, zumindest nicht, um herauszufinden, was vor sich ging. Wir haben zwar mit ihm gesprochen, aber erst nachdem mein Bruder Gabriel seine Online-Magie gewirkt hatte. Sobald wir die beiden beteiligten Hexer miteinander in Verbindung gebracht hatten und zwei Namen hatten, konnte er ein wenig mehr Online-Forensik betreiben.

Es stellte sich heraus, dass alle unsere Spuren in dieselbe Richtung wiesen, obwohl wir noch alle Punkte miteinander verbinden mussten. Amys Freund, unser Elektriker-Kumpel, war der unglücklichste der Gruppe. Ja, er war in die Sache hineingezogen worden, weil er dachte, es sei ein praktischer Scherz, aber sein Chef würde an dem Leuchtturmprojekt eine hübsche Summe verdienen. Sie hatten tatsächlich geplant, den Leuchtturm zu verwüsten, um das sicherzustellen, aber Lea hatte ihnen versehentlich einen Gefallen getan, indem sie selbst die Verkabelung durchgebrannt hatte.

Liam und ich erfuhren das während einer Kaffeepause mit Amy und Clint am nächsten Morgen. Was den Küstenwache-Ermittler und den anderen Hexer in Salem betraf, stellte sich heraus, dass sie mit der Familie Booth verbunden waren. Sie hatten Jared Booth Einnahmen aus dem Leuchtturm versprochen, den sie in einer anderen nahegelegenen Stadt gekauft hatten.

Weißt du, abgesehen von Gebühren und dergleichen, die die Leuchttürme einbrachten, waren sie ein Touristenmagnet, was mehr Besucherverkehr bedeutete. Eine Stadt südlich von Charm Cove, Windy Bay, hatte einen alten, stillgelegten Leuchtturm, der während der Modernisierungsära vernachlässigt worden war. Die beiden Hexer aus Salem hatten das Grundstück aufgekauft, als es auf den Markt kam. Sie wollten nicht viel Geld für die Renovierung ausgeben; sie wollten nur, dass er funktioniert. Also planten sie im Sinne des Diebstahls von Magie – was sie hier und da ohnehin schon taten – den Zauberspruch für ihren eigenen Leuchtturm zu stehlen. Der längerfristige Plan war, den hiesigen Leuchtturm weiterhin zu vandalisieren, bis er nicht mehr in Betrieb war.

Warum sie meinen Reisezauber stehlen wollten, wusste ich nicht. Meine beste Vermutung war, dass sie vielleicht in den Leuchtturm zurückreisen wollten oder einfach, weil sie Magie sammelten.

Alices Freundin aus Salem war eine hilfreiche Informationsquelle gewesen. Sie hatte einige Lücken in Bezug auf die Familiengeschichten füllen können. In der Hexenwelt musste man vorsichtig sein, Informationen zu schützen und nie zu viele Fragen zu stellen. Alices Freundin hatte erklärt, dass diese beiden Hexer versucht hatten, etwas Macht für Salem zurückzugewinnen, und sie hatten Groll gegen die Familien gehegt, die das Gebiet verlassen hatten. Sie fühlten, dass wir andere Hexenfamilien in ihrer Zeit der Not während der Hexenprozesse von Salem im Stich gelassen hatten.

Obwohl Charm Cove zufällig ein Sammelpunkt für die Hexen war, die Salem verlassen hatten, waren wir keineswegs die einzige Gemeinschaft, in die Hexen geflohen waren.

Kurz gesagt, zwischen Alices Freundin und Gabriels Online-Recherchen konnten wir den Zweck hinter ihren Handlungen zusammensetzen.

Alle Hexen und Hexer waren ziemlich beunruhigt, wenn auch nur wegen des Versuchs, Magie zu stehlen. In diesem Sinne hatten meine Mutter, Lea, Jacob, Alice, zusammen mit meinem Vater und Liam, alle einen Besuch im Gefängnis gemacht. Der Zweck? Die Kräfte dieser beiden Hexer zu immobilisieren.

Daniel, der Regelbefolger, der er war, wies sie ab, also erschienen wir alle zur Anklageverlesung. Samuel und Daryl wurden wegen geringfügiger Vergehen angeklagt, und wir vermuteten, dass sie gegen Kaution freigelassen würden bis zu ihrem Prozess. Die Hexenfamilien von Charm Cove waren bei der Anklageverlesung in voller Stärke anwesend. Gerichte waren öffentlich, also konnten wir alle dort sein.

Als ich neben Liam im Gerichtssaal saß, wanderte mein Blick zu den beiden Hexern. Es war mir nicht besonders wichtig, was rechtlich mit ihnen geschah. Ich wollte nur, dass sie ihre Macht verloren. Absichtlich saßen wir verstreut im Gerichtssaal, meist paarweise. Liam und ich saßen zusammen, während meine Eltern, Opal und Theo, Lea und Jacob, Celia und Delia, einige der Bishops, die Lévesques und sogar Beatrice im ganzen Raum verteilt waren.

Es gab genug Hexen und Hexer, die bereit waren, gemeinsam zu handeln, um die beiden Hexer vollständig zu immobilisieren und ihre Kräfte für immer zu entfernen. Unsere einzige Herausforderung war, es so durchzuführen, dass es nicht offensichtlich war.

Sobald die Verhandlung begann, konzentrierten wir alle unsere Energien, und die Luft vibrierte um uns herum. Es konnte kein auffälliger Zauber sein, überhaupt nicht. Wir wussten kollektiv, dass der Moment des Erfolgs gekommen war, als sich beide fraglichen Hexer in ihren Stühlen umdrehten, um sich im Gerichtssaal umzuschauen.

Es war Heiligabend, und der Schnee fiel wie glitzernder Feenstaub vom Himmel über die Innenstadt von Charm Cove. Es waren geschäftige Wochen gewesen. Zwischen der Aufklärung des Rätsels um den gestohlenen Leuchtturmzauber und den Vorbereitungen für das Weihnachts-Charm-Fest war ich fast ununterbrochen auf den Beinen gewesen.

Die Weihnachtsparade war für morgen geplant, und der Kunsthandwerksmarkt lief bereits die ganze Woche auf Hochtouren. Ich gab unserer letzten Kundin des Tages das Wechselgeld, wünschte ihr frohe Feiertage und folgte ihr zur Haupttür. Ein paar Schneeflocken wirbelten herein, als sie die Tür aufstieß, und das Glöckchen klingelte, als ich sie schloss und abschloss.

Einen Moment lang drückte ich meine Nase gegen die Scheibe und blickte über die Innenstadt. Die riesige, mit Weihnachtslichtern geschmückte Balsamtanne in der Mitte der Grünfläche und all die in der Dunkelheit glitzernden Schaufenster sahen zauberhaft aus. Zu dieser Jahreszeit sperrten wir die vier Straßen rund um den Stadtpark für den Verkehr von den drei Tagen vor Weihnachten bis zum ersten Weihnachtstag. Man fühlte sich, als würde man in die Vergangenheit reisen. Eine Pferdekutsche bog gerade um die Ecke. Kutschfahrten durch die Innenstadt im Winter waren ein weiterer Teil des Charm-Fests. Sie waren sehr romantisch und äußerst beliebt.

Ich trat zurück und drehte das Schild auf »Geschlossen«. Die Zwillinge waren bereits zu ihrer letzten *Nussknacker*-Vorstellung an Heiligabend aufgebrochen. Im Laden roch es immer noch nach Glühwein, obwohl wir für den Abend ausverkauft waren. Nachdem ich den hinteren Bereich kontrolliert und einen Schutzzauber auf die Tür gelegt hatte, räumte ich vorne alles weg, zählte die Tageseinnahmen zusammen und steckte dann die Geldtasche in meine Jacke, um sie bei der Bank abzugeben, die nur ein paar Türen weiter lag.

Liam wollte mich draußen treffen. Als ich nach vorne ging, sah ich ihn an der Tür warten und mir zuwinken. Ich zog meinen Mantel an, hängte mir meine Handtasche über die Schulter, ging durch den Vordereingang hinaus, schloss ab und legte einen Schutzzauber auf die Tür. Es war kühl, und ich hatte meine Fäustlinge vergessen. Aber Liams Hand war warm um meine, als wir bei leicht fallendem Schnee die Straße hinuntergingen.

Nachdem die Geldtasche sicher im Einwurfkasten der Bank verstaut war, überquerten wir den Stadtpark. Wir wollten uns mit Freunden und Familie im Enchanted Spirits treffen. Als wir uns der Balsamtanne näherten, drehte sich Liam um und hielt inne, um mich anzuschauen.

»Was ist?«, fragte ich.

Seine Augen glitzerten im sanften Schein der Weihnachtslichter am Baum. Der Schnee rieselte wie Feenstaub vom Himmel auf uns herab. Ich öffnete den Mund, um ihn zu fragen, warum er stehen geblieben war, aber in dem Moment, als ich den Blick in seinen Augen bemerkte, begann mein Herz in meiner Brust zu hämmern.

Ich zitterte, obwohl ich nicht hätte sagen können, ob es an der Kälte lag oder an dem Moment selbst. Liam trat etwas näher und legte einen Arm um meine Taille. »Eigentlich wollte ich warten, aber jetzt scheint der richtige Moment zu sein«, murmelte er.

»Der richtige Moment wofür?«, fragte ich, und meine Worte klangen fast atemlos.

Was für mich ziemlich lächerlich war.

Der Moment fühlte sich gewaltig an, die Luft um uns herum schien vor Bedeutung schwer zu sein. Zu lange hatten wir unsere Bestimmung auf die leichte Schulter genommen. Es war schwer, das nicht zu tun. Die moderne Welt machte keinen Platz für solche Dinge. Hexen und Hexer mussten alles unter Verschluss halten.

Natürlich gab es viel Gerede über Spiritualität und dergleichen und Leute, die herumliefen und offen behaupteten, Hexen zu sein. Nebenbemerkung: Jeder, der offen darüber sprach, eine Hexe zu sein, war es höchstwahrscheinlich nicht. Es gab wenige Garantien im Leben, aber das könnte eine davon sein.

Plötzlich war ich leicht überwältigt.

»Entweder wir machen es auf unsere Weise, oder wir werden dazu gedrängt«, murmelte er.

»Dann machen wir es auf unsere Weise«, erwiderte ich.

Er hob seinen Blick für einen kurzen Moment von meinem, lehnte sich zurück und schaute zum Himmel. Der Mond war durch die treibenden Wolken und den fallenden Schnee sichtbar, ein verschwommener Heiligenschein am dunklen Himmel. Mit dem Duft von Holzrauch in der Ferne, dem fallenden Schnee und den weihnachtlichen Lichtern, die um uns herum funkelten, machten Liam und ich endlich den ersten Schritt in Richtung unserer Bestimmung.

An einem kalten, verschneiten Heiligabend bat er mich, ihn zu heiraten, und ich sagte ja. Das war keine Überraschung. Er hatte mir die Ringe allerdings noch nicht gezeigt, und das war die Überraschung.

Mit einem Arm immer noch um mich herum öffnete er seine Handfläche und schlug mit dem Daumen den Stoff zurück, der sie schützte. Da waren zwei Silberringe. Einer ein einfacher Ring und der andere mit einem Opal besetzt.

»Wir tragen diese jetzt?«, fragte ich.

»Oh, es gibt noch ein weiteres Set«, sagte er mit einem langsamen Lächeln. »Das sind nur die Verlobungsringe.«

Als wir ein paar Minuten später im Enchanted Spirits ankamen, wollte ich fast nicht, dass jemand unsere Ringe bemerkte. Obwohl ich, so lange ich denken konnte, gewusst hatte, dass Liam und ich das auserwählte Paar unserer Generation waren, fühlte sich dieser Teil irgendwie privat an. Doch als Liam meinen Blick auffing und zwinkerte, hörte ich auf, mir Sorgen zu machen. Was wir hatten, war privat. Was wir für unsere Familien darstellen könnten, war etwas anderes.

Natürlich gab es viele Toasts auf unsere bevorstehende Hochzeit. Wie durch ein Wunder drängte uns niemand, wann wir heiraten würden. Aber das war von Anfang an unser Plan gewesen. Wir liebten einander und hatten die feste Absicht, aus all den richtigen Gründen zu heiraten. Da die Generation vor uns das Wissen von Jahrhunderten trug, konnten sie vielleicht aufhören, sich Sorgen zu machen, jetzt, da wir offiziell verlobt waren.

Selbst Ghost schien darüber erfreut zu sein, als wir an diesem Abend nach Hause kamen. Nachdem er von meiner Schulter auf den Boden gesprungen war, saßen wir an der Küchentheke und genossen einen Schlummertrunk, während er ein paar Minuten damit verbrachte, an jedem unserer Ringe zu schnuppern.

———

Der erste Weihnachtstag brach hell und klar an. Der letzte Schnee wurde aufs Meer hinausgeweht, als die Sonne aufging, und bescherte uns weiße Weihnachten und einen sonnigen Tag. Nach dem Frühstück im Haus meiner Eltern, bei dem es Glühwein und Eierlikör – zum Frühstück – gab und Liams Familie zu uns stieß, gingen wir alle gemeinsam in die Innenstadt zur Weihnachtsparade.

Wie durch ein Wunder hatten wir trotz des Trubels um den kaputten Leuchtturm und das Schiffswrack alle Einzelteile zusammengebracht, damit das Charm-Fest reibungslos ablaufen konnte, einschließlich der Krönung durch die Weihnachtsparade.

Falls du dich fragst, wer den Wettbewerb für den schönsten Festwagen gewonnen hat: Es war ein Außenseiter. Ohne dass einer der Erwachsenen davon wusste – außer meiner Cousine Emma, die für die Planung der Paradewagen verantwortlich gewesen war – hatten Celia und Delia einen Einhorn-Festwagen. Natürlich schimmerte er in Rosa und Lila.

Ich sollte nicht vergessen zu erwähnen, dass der Leuchtturmzauber seinen Zauber entfaltet hatte und nun wieder ungestört wirkte. Der Ermittler der Küstenwache – heimlich auch ein Hexer – wurde wegen

Vandalismus angeklagt und von seiner Position entfernt. In der Zwischenzeit wurde ein anderer Ermittler beauftragt, den Leuchtturm nach Abschluss der Reparaturen zu inspizieren. Das verworrene Missgeschick war damit wie mit einer Schleife verpackt und abgeschlossen.

In der Reihe der Wunder hatte zum ersten Mal seit Jahren niemand in Liams und meiner jeweiligen weitverzweigten Familie etwas dazu zu sagen, wann wir unsere Bestimmung finden würden.

Ich machte mir keine Illusionen, dass das allzu lange anhalten würde, aber ich würde es genießen, solange ich konnte. Meine Bestimmung gehörte mir, also nahm ich sie in meinem eigenen Tempo an.

———

Danke, dass du Verhex mich nicht gelesen hast! Wenn du Updates über meine neuen Veröffentlichungen und andere Neuigkeiten erhalten möchtest, melde dich für meinen Newsletter an: subscribepage.io/sTrNBG

Für mehr Unfug, Magie und Chaos in Charm Cove, blättern Sie weiter für einen Vorgeschmack auf The Great Maple Caper, das nächste Buch in der Wicked Good Mystery Serie!

AUSZUG: THE GREAT MAPLE CAPER

MOIRA WICKED

Wir hatten am Wochenende einen heulenden Schneesturm. Für mich fühlte sich Ende Februar wie der tiefste Teil des Winters an. Zu diesem Zeitpunkt hatte Schnee Charm Cove seit Monaten unter einer weißen Decke begraben. Obwohl die Tage länger wurden, war es zu dieser Jahreszeit an der Küste Maines bitterkalt.

Eines Morgens genossen Liam und ich Kaffee an der Küchentheke. Es war Sonntag, und Persnickety Potions & Gifts hatte tatsächlich geschlossen. Der einzige Zeitraum, in dem wir den Laden schlossen, war während dieses kleinen Zeitfensters – nach den ersten Januarwochen bis zum Frühlingsanfang. Die Touristen strömten in die Stadt, sobald das Wetter wärmer wurde, aber bis dahin hatten wir noch ein paar Monate Ruhe.

Es klopfte an der Tür. Liam schaute zu mir herüber, als er von seinem Hocker an der Theke rutschte. Sein schwarzes Haar war noch feucht von der Dusche. »Erwarten wir jemanden?«, fragte er.

Ich nahm einen Schluck Kaffee und schüttelte den Kopf. Als Liam die Tür öffnete, stand mein Bruder Gabriel dort. Gabriel und ich hatten die gleichen schwarzen Haare und grünen Augen, obwohl seine

Wangen von der Kälte gerötet waren. Er sah aus, als wäre er durch den Schnee gestapft, denn seine Stiefel waren damit bedeckt, und sogar an seinem Jeansstoff klebte etwas Schnee.

»Komm rein«, sagte Liam und bedeutete ihm, durch die Tür zu treten.

Mein Kater Ghost war praktischerweise über der Tür auf seinem Lieblingsschlafbrett positioniert und landete prompt auf Gabriels Schulter, bevor er auf den Boden sprang. Ghost war passend benannt worden, nicht nur, weil sein Fell weiß war, sondern auch wegen seiner Fähigkeit, scheinbar aus dem Nichts aufzutauchen.

Gabriel lachte und kniete sich hin, um Ghost zu streicheln. Mein ältester Bruder war erst vor wenigen Wochen nach Charm Cove zurückgekehrt, nachdem er in Kalifornien die letzten Enden seines Jobs aufgelöst hatte. Er hatte Liam offiziell aus dem Gärtnerhaus auf dem Grundstück meiner Eltern geworfen. Da Liam zu diesem Zeitpunkt schon seit Monaten inoffiziell bei mir wohnte, war es keine wirkliche Veränderung.

»Kein Kaffee mehr?«, rief ich, als Gabriel den Schnee von seinen Stiefeln klopfte und sie an der Tür auszog.

»Nehme gerne welchen, wenn du anbietest«, antwortete er, als er sich der Theke näherte, »aber das ist nicht der Grund, warum ich hier bin.«

»Was gibt's?«, fragte Liam, als er zurück auf seinen Hocker glitt und auf den Platz neben sich klopfte.

Gabriel setzte sich neben Liam, streifte seine Jacke ab und hängte sie über die Rückenlehne des Hockers. Ich stand auf, um eine Tasse aus dem Schrank zu holen und sie mit Kaffee zu füllen. Als ich sie zu Gabriel hinüberschob und mich wieder auf meinen Platz ihm gegenüber setzte, nickte ich in Richtung Sahne und Zucker.

»Bedien dich. Also...«, ließ ich meine Worte in der Luft hängen.

»Moment, lass mich erst einen Schluck Kaffee nehmen.« Gabriel gab einen Schuss Sahne hinzu und nahm einen großen Schluck, seufzte und warf mir ein Lächeln zu. »Köstlich. Du machst ihn immer schön stark.«

Ich machte eine kreisende Handbewegung in der Luft, um anzudeuten, dass er fortfahren sollte.

»Okay, okay. Ihr wisst, dass Ahornsirup-Saison ist, also habe ich die Bäume im Auge behalten. Letzte Woche habe ich einige Testzapfstellen angebracht und die Schwerkraftleitungen auf der Farm installiert.«

»Richtig, ich habe letzte Woche zwei Zapfstellen angebracht«, warf Liam ein. »Ich wollte heute nach ihnen sehen.«

Die Ahornsirup-Saison begann mitten im Winter, normalerweise irgendwann zwischen Mitte Februar und Mitte März. Sie fand in ganz Neuengland und großen Teilen Kanadas statt. Ich wusste ein bisschen über die Ahornsirupgewinnung, obwohl ich keine Expertin war. Viele Familien machten es nur für sich selbst, während andere es als Nebengeschäft betrieben, und wieder andere hatten richtige Großbetriebe.

Die Familien Wicked und Good hatten eine Mischung. Meine Eltern zapften immer ein paar Bäume an und stellten jedes Jahr ihren eigenen Ahornsirup her. Mit seiner Rückkehr nach Hause hatte Gabriel beschlossen, das alte Ahornsirup-Geschäft wiederzubeleben, das stillgelegt worden war, als einer unserer entfernten Wicked-Cousins verstorben war. Das Grundstück hatte einfach leer gestanden, und Gabriel hatte es nach dem Tod unseres Cousins geerbt.

In der Familie Good betrieben Liams Eltern es genauso zwanglos wie unsere, aber sein Cousin Nathan Good, der den Leuchtturm Beacon's Charm verwaltete, führte ebenfalls ein Ahornsirup-Geschäft. Die Ahornsirup-Saison war für manche Leute in Maine ein ernsthaftes Geschäft.

Gabriel nahm noch einen Schluck Kaffee und fuhr sich mit der Hand durch die Haare. »Nun, ich bin neugierig, ob eure Eimer noch da sind.«

»Warum sagst du das?«, fragte Liam.

»Weil ich zu den beiden Bäumen gegangen bin, die ich dort getestet habe, wo wir es normalerweise auf dem Grundstück hier machen, und die Eimer sind weg. Die neuen Leitungen, die ich installiert hatte, wurden durchgeschnitten. Mama sagte, ihre Eimer seien auch weg. Ihr wisst, dass sie ihren Lieblingsbaum direkt am Haus hat«, erklärte Gabriel.

»Hmm?«, sagte ich. Meine Konversationsfähigkeiten waren an

kalten Wintermorgen, an denen ich ausschlafen konnte, nicht gerade auf dem Höhepunkt.

Im Moment betrachtete ich das als eine leichte Kuriosität. Liam stand auf und ging in Richtung der Hintertür, schlüpfte an der Tür in seine Stiefel. »Ich schaue gleich nach«, rief er über seine Schulter, als er durch die Tür auf die hintere Terrasse trat.

Ich blickte zu Gabriel hinüber. »Glaubst du, das ist nur Zufall?«

»Nun, es ist ein ziemlich großer Zufall, dass meine Eimer gestohlen wurden und Mamas.«

Ich nahm einen Schluck von meinem Kaffee und dachte, es sei wahrscheinlich nur ein Streich von irgendeinem Teenager. Liam kehrte innerhalb von Minuten zurück, um zu berichten, dass an seinen beiden Zapfstellen die Eimer fehlten.

In Anbetracht der Tatsache, dass es hier von Hexen und Zauberern nur so wimmelte, könnte sicherlich jemand Unfug treiben, aber es war eher harmlos, wenn es nur um das Stehlen einiger Safteimer ging.

Bis zum späten Nachmittag war klar, dass dies kein zufälliger Streich war. Mehrere der großen Ahornsirup-Betriebe hatten berichtet, dass jeder einzelne Ahornsaft-Eimer verschwunden war und dass die Schwerkraftleitungen, die den Saft in die Systeme zur Sirupherstellung transportierten, durchtrennt worden waren. Dies war ein großer Ahornsirup-Diebstahl und eine potenzielle finanzielle Katastrophe für die Ahornsirup-Unternehmen.

Ahornsirup war ein boomender Geschäftszweig in ganz Neuengland. Wenn ich an Ahornsirup dachte, stellte ich mir diese alten Handelskarten vor, auf denen Pfeile den Globus umkreisten, um den Weg der Waren anzuzeigen. Ahornsirup ging von Neuengland und Kanada in die ganze Welt.

Die Leute waren einfach ratlos. Wer in aller Welt stahl rohen Ahornsaft in Massen?

Das Ahornbonbongeschäft in der Stadt war in heller Aufregung. Es gab so viel Wirbel, dass eine Stadtversammlung einberufen und im Enchanted Spirits abgehalten wurde. Eine Bar war der gewählte Ort, weil die Leute so gestresst waren, dass sie etwas zu trinken brauchten.

Am Ende des Abends hatte Nathan Good das Ereignis als Den

Großen Ahornsirup-Diebstahl bezeichnet. Er war ziemlich betrunken, als er diese Verkündung machte, aber sie passte.

––––––

1-Klick : The Great Maple caper

Wenn du Updates zu meinen neuen Veröffentlichungen und anderen Neuigkeiten erhalten möchtest, melde dich für meinen Newsletter an: subscribepage.io/sTrNBG

Vielen Dank, dass du diese Geschichte gelesen hast! Ich hoffe, dir hat die Magie gefallen. Falls ja, gibt es hier ein paar Möglichkeiten, wie du anderen Lesern helfen kannst, meine Bücher zu finden.

1) Schreib eine Rezension!

2) Melde dich für meinen Newsletter an, um Informationen über neue Veröffentlichungen zu erhalten: subscribepage.io/sTrNBG

3) Like meine Facebook-Seite unter https://www.facebook.com/lucy mayauthor/

Wicked Good Mystery Serie

Destiny's A Witch

Hex Me Not

Spells & Silver Bells

The Great Maple Caper

Oopsy Daisy

Siren Song Gone Wrong

Pumpkin Patch Murder

This Good Witch Mystery Serie
Wish Upon A Witch
A Stormy Spell
A Stitch of Magic
Bee Charmed
Lemon Tea Cozy Mysteries
Witch You Wouldn't Believe
A Spell to Tell
Witch is When it Gets Crazy

ÜBER DIE AUTORIN

Lucy May liebt Kaffee, Hunde, Kochen und Schreiben. Sie ist eine heimwehkranke Südstaatlerin, die in Maine lebt. Sie hat gelernt, die vier Jahreszeiten zu lieben, sehnt sich aber immer noch nach den verschlafenen Sommern des Südens. Sie glaubt gerne, dass sie in einem anderen Leben vielleicht eine Hexe war, und glaubt noch immer an Magie. Ihre Zeit verbringt sie damit, alberne, freche und sexy paranormale Geschichten zu spinnen.

Facebook

www.ingramcontent.com/pod-product-compliance
Lightning Source LLC
Chambersburg PA
CBHW072138300726
48975CB00003B/1111